（気持ち……いい）
「はっ、あぁ、……あっ」
もっと、見て。——違う、見ないで。
「アシュラフ……さま」
名前を
ラフが
唸り声
きた。
「すべ

まだ蜜月には早すぎる

～攫われ花嫁は強引な金獅子王の寵愛に困惑中～

宇奈月 香

Vanilla文庫

まだ蜜月には早すぎる

攫われ花嫁は強引な金獅子王の寵愛に困惑中

目　次

イラスト／北沢きょう

【序章：はるか祖国を離れた場所で】

夜のしじまに女の濡れた声が満ちている。

「は……ぁ」

下腹部に感じる甘く焦《じ》れた疼《うず》きに身悶《みもだ》え、ラシェル・フォートリエは目が覚めた。

(な――に……？)

身体の奥だけでなく、指の先に至るまでじんじんする。内側から泉のごとく湧き上がる熱さで、喉が渇いていた。

じっとりと汗ばんだ感触が不快なのに、身体はそのいとわしさに何かを求めている。

「あ……ん」

腰が勝手に揺らめく。そこが快感を得ているからだ。

(な……んで？)

手を伸ばすと、さわりと柔《やわ》らかなものに触れた。ふわりとした感触はひどく心地よい。毛足の長い上質な被毛みたいだ。

（何？）

よくわからないが、なんて気持ちいいのだろう。

「あぁ……」

くしゃりと指で長毛をかき混ぜながら、歓喜の声を零す。

すると、ラシェルの吐息に呼応するように悦楽が増した。ぴちゃり、ぴちゃりと濡れた音が聞こえてくる。

（あ……ぁ、舐《な》められてる）

生温かくて肉厚なものが、ラシェルを舐めている。

けれど、何が？

疑問が浮かぶも、それの動きに合わせて腰が揺れる。もっととねだるように、腰を押しつけた。深く重なり合えば、より強い快楽を味わえる気がした。

（気持ちいい、気持ちいいの……っ）

もう片方の手も長毛に埋めて、さらなる刺激を欲した。得体の知れないものなのに、味わされる快感から逃げられない。

「あ、あ……ん、んぁっ」

激しさを増す刺激に、ラシェルの身体も興奮に昂《たか》ぶっていく。

こんな気持ちよさは知らない。

一度味わってしまったら、知らなかった頃には戻れない。そんな危険性を孕《はら》んでいる予感がするのに、身体は与えられるものに流されていく。

ちりちりと下肢から皮膚の下を通って這《は》い上がってくるものが、ラシェルを追い立てる。

(何かが来る。や……駄目——)

「や、あぁッ……！」

悲鳴を上げた直後。

唐突にそれは離れていった。

「——ぁ……」

あと一歩のところで堰《せ》き止められたものが、身体の中で暴れている。下腹部も秘部ももどかしさに疼いていた。

「な……ん、で」

思わず口を衝《つ》いて出た不満に目を開け、ゆるゆると視線を下げた。

——孔雀《くじゃく》……の羽根？

違う。あれは目だ。

橙色《だいだい》のほのかな灯《あか》りに見えた微妙に左右で大きさの違う双眸《そうぼう》は、緑色に縁取られ、瞳孔に近づくほど瑠璃《るり》色が鮮やかだった。はじめて見る瞳の色に、すぐにはそれが何かわからなかった。

だが、いくらもしないうちに、自分が見ているものが何であるかも理解できた。

「人……が」

それだけ呟《つぶや》き、眼前の光景に絶句した。

裸体のラシェルの脚の間に、男の顔があった。蜂蜜色をした浅い茂みを指に絡ませ、美形というにふさわしい男が口許を綻《ほころ》ばせている。凜々《りり》しい眉と、野性味溢《あふ》れる不思議な色合いの双眸、世紀の美貌を誇る男は、見せつけるように舌なめずりをして、唇についたラシェルの蜜を舐め取った。

獣を連想させる仕草に、堰き止められたままの快感がずくり……と疼く。

(この男は、な……にを、して……いる……の？　私は――)

――男とまぐわっている。

その行為の意味を知れば、身体の奥底からこみ上げてきたのは恐怖だった。

瞠目《どうもく》し、おそるおそる男の髪から指を抜いたラシェルは、ごくりと息を吞《の》んだ。

今すぐにでも逃げ出したいのに、動けない。

不用意に背中を向けてしまえば、食い殺されてしまうような緊張感は、何？

獅子のたてがみみたいな豊かな金色の髪に、ラシェルは見覚えがあった。

大国ハバル国の王アシュラフ・イブン・アル＝アクサイブ。

ラシェルとロクツァナ国王太子ナルシス・デュナンの挙式に招かれていた国賓の一人だ。

（その方がどうして――……）

なぜ自分は今、こんな状況に陥《おちい》ってしまっているのだろう。

（ここは、どこ？　挙式はどうなったの⁉）

この日のために作られた豪奢《ごうしゃ》な花嫁衣装は？　ロクツァナ国王家へ嫁《とつ》ぐ者のみが被ることを許される王冠はどこへいったのか。

あれを被る日が来るのを、ラシェルは一日千秋《いちじつせんじゅう》の思いで待ち望んでいた。

視線を巡らせ、寝台の横に無造作に置かれている王冠を見つけるも、その変わり果てた姿に愕然《がくぜん》となった。

（あぁ、なんてことなの――っ）

金細工と宝石がふんだんにあしらわれた、王冠の両脇に垂れ下がった飾りの片方が取れてしまっているではないか。

髪を覆っていた純白のヴェールも、精緻《せいち》な刺繍《ししゅう》が施された立て襟《えり》のドレスも見当たらない。

一糸纏《まと》わぬ姿になっていることも、はじめて会う男との痴情に我を忘れて耽《ふけ》ってしまったことも、何もかもが現実とは思えなかった。

「ようやくだ」

響きのあるしっとりとした低い声に、びくりと肩が震《ふる》えた。

ゆるゆると視線をアシュラフに向ければ、美しい瞳と目が合った。

到底人の目とは思えない瞳は、義眼だと偽られても納得してしまうほど芸術的だ。

ハバル国には、稀《まれ》に不思議な虹彩の目を持つ者が生まれると聞くが、実際に目にするのははじめてだ。

本当に彼は人なのだろうか。

奇跡のような造形美に圧倒され、すぐには声が出てこなかった。

「待ちわびたぞ、ラシェル」

「……え――?」

彼の言葉に虚《きょ》を衝かれる。

(今、待ちわびたと――)

何がどうなっているのか、まるでわからない。

疑問は増えるばかりなのに、見つめられているだけで追い詰められている気配すら感じてしまう。

「――ど……う、して……」

ようやく絞り出した言葉は、情けないくらい切れ切れで弱々しかった。

「祖国ロクツァナ国を救いたければ、我がものになれ」

耳を疑う横暴さに、いよいよラシェルは混乱した。

アシュラフは右手の中指を舐め、蜜穴へとあてがった。指先でその縁をなぞり、爪の先で入り口を突く。徐々に入ってくる異物感に心は怯《おび》えたのに、身体は歓喜していた。

(や……だ、どうし――てっ)

まるで、この身はすでにアシュラフがしようとしていることを知っているかのようだ。潜《もぐ》り込んできた指にぞくぞくする。

「ひ――、ンッ」

こんな自分は知らない。

でも、この快感は好き。

「そなたの愛する民のため、その身を我に捧げる名誉を与える。ここに私を受け入れろ。我がものになり、我の飢《う》えを満たせ」

「あ……あ、ぁ」

指がゆっくりと抜き差しされる。内壁をこすられる感触と、身体の中に他人を受け入れた戸惑《とまど》いに、ラシェルは手で顔を覆い、首を振ることで現実を拒絶した。

(何をおっしゃっているの？　名誉？　我がものになるとは)

大きく開いた脚が、指の動きに合わせて何度も震える。ぬち、ぬち……と間断なく響く蜜音は、耳を塞《ふさ》ぎたくなるほど卑猥《ひわい》だった。

「やぁ……っ、ん、んぁ！」

なのに、身体は肉欲を求めている。

もっと中を擦ってほしい。もっと奥まで満たされたい。

湧き上がってくるはしたない願望に、またラシェルは頭を振った。

（なぜ……なの――）

涙で頬を濡らしながら、もたらされる快感に身をくねらせ喘《あえ》いだ。

「……ぁ、あぁ――っ！」

こんな状況を望んだわけでもないのに、増えた指の太さ分だけ、悦楽が膨《ふく》らむ。悦《よろこ》びに満ちた粘膜たちは、蠕動《ぜんどう》しながら夢中で不埒《ふらち》な指をしゃぶっていた。

「まだ道中に飲ませた酒が抜けきっておらぬようだが、さてあれに媚薬《びやく》でも入っていたか？　素直で淫《みだ》らな身体だ。この手の快感は、はじめてなのだろう？　ならば、どこを撫《な》でられたいか、腰を振って伝えてみろ」

「や……ぁ、あっ……」

アシュラフの卑猥な誘惑に乗りたくないと思うのは心だけで、甘美さを覚えた身体は甘えるように身をくねらせる。

「ここか？」

中指の腹が内壁の浅い場所を擽る。動物の顎《あご》を撫でるような手つきがもたらすむず痒《がゆ》さが切なかった。

「……くぅ――、んンっ」

物足りなさに眉を寄せれば、アシュラフが愉悦を浮かべながら目を細めた。

「それとも、ここか」

「は――ぁ、あっ、……ぁあ！」

今度は上壁を少し強めに擦られた。先ほどとは違う熱を孕んだ刺激に、思わず悦びの声が出る。

「いい感度だ。どうだ？　もっと奥を突かれたくないか？　指では届かぬ場所を、より太く熱いもので穿《うが》たれる快感はこの比ではないぞ」

欲しい、と思った。

きっとそれはより濃厚な悦楽をラシェルにもたらすに違いない。

想像するだけで恍惚《こうこつ》となった。興奮が甘い痺《しび》れとなり全身を巡る。それを望んでいるといわんばかりに、きゅうっと食《は》んでいる指を締めつけた。

情欲が呼ぶ淫らな欲望に心が引きずられかけるも――。

（違う――っ、私が望んでいたのは）

「わ、……私は、ナルシス・デュナン王太子の婚約者……エルデー公爵の娘ラシェル、フォートリエですっ。この……ようなこと、は――許されない、ことですよ」

今感じている卑猥な願望は、決してラシェルの本意ではない。

アシュラフが飲ませたという酒のせいに違いないのだ。

頭を振り、精一杯の虚勢を張るも、アシュラフに一蹴《いっしゅう》された。

「ふん。だからどうした。私はハバル国の王だ」

そう告げると、アシュラフが指の動きを速めた。

「あぅ……っ、ふ……ぅ、あん！」

「いい声で鳴く。だが、まだ足りぬ」

ラシェルを見下ろすアシュラフもまた全裸だった。しなやかな筋肉がついた引きしまった体軀《たいく》はたくましく、大型の肉食獣が寝そべっているようだ。匂い立つような色香を発する彼の股間には、雄々しい欲望がそそり立っていた。

（なんて大きいの）

太々とした茎に、金色の茂みに隠れきれないずっしりと子種を溜めた袋。アシュラフは圧倒的な存在感を放つ欲望を、ラシェルの蜜で濡れた手で扱《しご》き始めた。

「な……にを――なさって……っ」

「男のものを見るのもはじめてか？　触れてみるがいい」

「い、いけませ……、ッ！」

取られた手を欲望へと導かれ、漲《みなぎ》るアシュラフのものへとあてがわされた。

びくびくと脈打つのが伝わってくる。触れただけで蠢《うごめ》くそれは、まるで別の生き物みたいだ。

（あ、あ……怖い――）

怯《ひる》んだラシェルが手を引こうとすると、大きな手で竿ごと包まれた。

「――っ！」

「今からそなたが受け入れるものだ。しっかりと触って確かめろ。形も匂いも、味も、すべて覚えるのだ。私が注ぐ子種を一滴残らず飲み干しながら、その身に我が形を刻み込め。いずれ、そなたからこれが欲しいと言わしめてやろう」

「な――っ」

「それとも、そなた。自国を滅ぼしたいのか？」

鼻先が触れるほどの距離から早口で囁《ささや》かれた無情な言葉に、心臓が縮み上がった。

凝然《ぎょうぜん》として、間近に迫った芸術的な双眸を見つめる。

今、彼は何と言った？

国を滅ぼすと言わなかったか――？

「あぁ、これは……たまらぬな。想像以上だ」

ラシェルの手ごと上下に動かすアシュラフが苦しげに眉を寄せながら呻《うめ》くも、口端には充足の笑みが浮かんでいた。

「手だけでこれほどか。早く……そなたの中に入りたい」

ふるりと頭を振って、アシュラフが感嘆の息を零す。彼は目の前の快楽に夢中だったが、ラシェルは違う。

「ロクツァナ国を攻め落とすおつもり――っ、ん……んンっ、なの、で……すかっ⁉」

「そなた次第だ」

ラシェルの手を自慰の道具にしながら、鈴口から溢れた体液がどんどん滑りを滑《なめ》らかにしていく。

破廉恥《はれんち》極まりない行為に、目の前が羞恥《しゅうち》で赤く染まった。見ていたくないのに、ぬちゃぬちゃと響く淫靡《いんび》な音が鼓膜を震わせる。耳を塞ごうにも、片手はアシュラフに取られていた。

卑猥なのに、――欲望は煽《あお》られ、官能がかき立てられる。

「やめ……、いけま……っせ、んっ。私の手を……玩具《おもちゃ》にしない、で」

「なぜだ？」

楽しげに目を細めた彼が、反対の手でラシェルの身体をなぞった。つんと尖《とが》った乳房の先端をくるりとなぞり、全体を大きな手で包み込む。

「あ……っ」

夫になる者だけが触れていい場所を、アシュラフは躊躇《ちゅうちょ》なく指で揉《も》みしだいた。弾力を楽しむかのように指を動かし、乳房をいびつな形に変える。

「だめ……、そんなふうに……しない、で」

「聞けぬ願いだ。それに、ここはさほど嫌がってはいないぞ？」

ぷっくりと膨らんだ乳房の先を親指の腹でこねくり回しながら、アシュラフが嘯《うそぶ》く。

よく見れば、先端の周りには赤く小さな鬱血痕《うっけつこん》がいくつも散っていた。

（あ、あぁ……そんな）

意識をなくしている間に、すでにこの身は、アシュラフに穢《けが》されてしまっているのか。

これではもう王家には嫁げない。

ラシェルの願いは叶わないのだ。

失意に暮れながら視線を外へ巡らすも、薄暗さに何も見えなかった。

王太子ナルシスと婚姻する。

そのために人生のほとんどの時間を費やしてきたといっても過言ではない。

（なのに、なぜ――）

あと少しで願いは叶ったはずだった。重税と飢餓《きが》で困窮しているロクツァナ国民は、ラシェルが王族に与《くみ》することでしか救えない。

そう思えば、口惜しさも湧いてくる。

「そなた、いい目をするな」

喜悦に満ちた言葉は、皮肉だろうか。

もたらされる快感に流されている場合ではない。

ラシェルはなけなしの矜持《きょうじ》で己を快感から奮い立たせた。

「た……大国の王ともあろうお方が、――恥を知りなさいっ」

「身体は陥落寸前にもかかわらず、さすが王太子の許嫁《いいなずけ》殿。気丈なものだ。だが、そなたの唇は私の望む返事を紡《つむ》ぐ。祖国を愛するそなたなら、どうすべきかわかっているはずだ」

なんという自信家なのか。

苦々しさを奥歯で嚙みつぶすと、自信に満ちた面持ちのアシュラフが頰を舐めてきた。

生ぬるい感触に、ビクリと身体が強《こわ》ばる。

上機嫌な様子は、まさに獲物を手の中でいたぶる捕食動物のようだ。いつ食らおうかと思案しながら、気ままに獲物を弄《もてあそ》んでいる。

祖国を盾に服従を迫るアシュラフを卑怯《ひきょう》だと思った。

しかし、ここで怒りを買えば、ロクツァナ国は一夜にして地上から消えてしまうだろう。戦争になったところで、ロクツァナ国には大国ハバル国を迎撃できるだけの力は残っていない。国家予算のほとんどは王家の享楽《きょうらく》に消えてしまったからだ。

アシュラフの言うとおり、これ以上国民を苦しめるわけにはいかない。

「――ならば……私に拒否する権利など、はじめからありはしないのでしょう」

憎々しげに、それでも見据《みす》える視線だけは外さずにいると、アシュラフが悠然と笑う。

「当然だ」

身体を起こし、欲望の先端を蜜穴へとあてがった。

美貌が艶笑《えんしょう》を彩《いろど》った直後、アシュラフの欲望がラシェルを貫いた。

「――あぁっ!!」

敷布を握りしめ襲いかかる痛みに耐えるも、悲鳴を堪《こら》えることはできなかった。

「は、はは……っ、いい締まりだ」

悦に入った声が、歓喜を叫んだ。

遠慮のない律動に、結合部分からはじめての証である鮮血が滲《にじ》む。アシュラフは口許に笑みを浮かべながら、ラシェルの中に精を放った。

「これで、そなたは私のものだ」

苦しみの中、頭の片隅だけが冷えていた。

自分はどこで道を間違えてしまったのだろう。

【第一章：略奪された花嫁】

ロクツァナ国に大聖堂の鐘が鳴り響く。

澄み渡る青空に、何百という白い鳩が飛び立った。

大聖堂に付随する離れに用意された控えの間で、ラシェルは一人そのときを待っていた。

(――長かったわ)

けれど、ようやくこの日を迎えることができた。

純白のウエディングドレスに身を包んだラシェルは、姿身に映る自分の姿を見ていた。

本日をもってエルデー公爵令嬢ラシェル・フォートリエから、ロクツァナ国王家ナルシス・デュナンの妻となる。

十二年に及ぶ許嫁《いいなずけ》という肩書きが、王太子妃へと変わるのだ。

待ちに待った結婚式。

なのに、喜びや感動は微塵《みじん》もない。

感じるのは、茨の道へと進むための覚悟だけ。

極力肌の露出を控えたドレスは清廉で高潔だ。立て襟《えり》に、肩の部分が膨《ふく》らんだ長袖、ウエストの部分で切り替える裾《すそ》広がりのシルエットが美しいドレスだ。花嫁がドレスを脱ぎ、肌を見せるのは夫となる者のみ。

ロクツァナ国では、夫となる者以外の男性には肌を見せてはならないという風習があり、当然、王家へ嫁《とつ》ぐラシェルにも同様の貞節が求められた。

幸せに満ち溢《あふ》れた花嫁とは思えない、碧眼《へきがん》に決意を宿した表情を無言で見つめる。

(ここから始まるのよ)

今、ロクツァナ国は存続の危機に瀕している。

王家が国庫を食い潰し、民に重税を課しているからだ。

かつては商船の寄港地として栄えたが、今は見る影もない。海路よりも安全な陸路が発見されたことで、船の航行が途絶えてしまったからだ。

傾いた国でも、ラシェルにとっては守るべき祖国だ。

民を顧みない王家のせいで、ロクツァナ国は衰退の一途を辿《たど》っている。誰かが食い止めなければ、十年……いや、五年後にはロクツァナ国は存在していないだろう。

この日のためにどれだけの血税がつぎ込まれたかを考えれば、本来なら、豪奢《ごうしゃ》な結婚式を執り行えるはずがない。

過去の栄華が忘れられず、今も国が富んでいると思い込んでいる王家の者たちの愚行に、どれだけ多くの民が苦しめられていることか。

ラシェルが身につけているドレス一枚で、何十人の腹を満たすことができるだろう。

(待っていて。必ず私があなたたちを助けてあげる)

もはや、ロクツァナ国王家は腐りきっている。

必要なのは、変革だ。

ラシェルは、腐敗した国の中核に風穴を空《あ》けるために、王族になる。

だが、いずれ自分は王族として何かしらの処罰を受けることになるだろう。幽閉か、死刑か。

民を苦しめた王族の一人として、彼らの憎しみを一身に受ける者となるのだ。

(皮肉ね。彼らを助けるためには、憎まれる道しかないだなんて)

それでも、過酷な運命を選んだのはラシェル自身。

ロクツァナ国の民のために、この命を使えるならこれ以上に名誉なことはない。

そう思えば、純白のウエディングドレスが死に装束にも思えてきた。東洋では死者が旅立つときは白装束なのだとか。

でも、あながち間違っていない。

今からラシェルが向かうのは、地獄への入り口なのだから。

「ラシェル様、ご準備が整いました」

扉越しに、大聖堂の司祭が声をかけた。

目を閉じ、深呼吸をする。

――行きましょう。

決意を胸に立ち上がり、扉の前に立った。

「開けてください」

声をかけると、両開きの扉が静かに開かれた。

向かう先は、大聖堂。

そこに、夫となる王太子ナルシス・デュナンが待っている。

警護を兼ねた銀の甲冑《かっちゅう》姿の兵士らに囲まれ、長い側廊を粛々《しゅくしゅく》と歩いた。

(まるで囚人のようだわ)

罪人を処刑台へ連行するかのような重々しい様相に、ラシェルはひっそりと笑みを浮かべた。

大聖堂は王家との繋がりが深いこともあり、一見しただけでは廃《すた》れた雰囲気を感じさせない。等間隔に並ぶ円柱一本にしてもよく磨かれていて、大理石が描く幾何学《きかがく》模様の床には埃《ほこり》一つ落ちていない。壁面に彫られた細緻《さいち》な彫刻は贅《ぜい》を尽くされていた。

大聖堂だけを見れば、国が困窮していることが幻《まぼろし》にも思えるが、よくよく見れば顔の欠けた天使の彫刻や、円柱にひび割れなど、所々綻《ほころ》びがあった。

梢《こずえ》にとまった小鳥が歌う声が、ほんの少しだけラシェルの心を慰めてくれた。苦しみしかない門出に立っても、鳥の声は優しく聞こえるのか。

横目で見た、葉ずれの音がさやさやと響く蒼穹《そうきゅう》が美しかった。吹く風のなんと涼やかなことか。

自分はきっと生涯このときを忘れないだろう。

(大丈夫、私がこの国を守るから)

ラシェルはわずかに残っていた迷いを振り払い、視線を前へと向けた。

すると、先頭を歩いていた兵士が足を止めた。

(何かしら?)

怪訝《けげん》に思い、兵士たちの隙間から回廊の先を覗き見る。

(人……、あの方は?)

前方から見慣れぬ衣装を纏《まと》った背の高い男が歩いてきた。

くるぶしまである深紅のフロックコートの胸元は、何連にも連なった真珠の首飾りで彩《いろど》られ、広い肩の左側にかけた豪華な刺繍《ししゅう》が散りばめられた金色のマントが歩くたびに揺れて美しかった。

端整な顔立ちは凜々《りり》しく精悍《せいかん》で、口元には自信が溢れている。何より、完璧な造形に収まる瞳が素晴らしい。

（なんて綺麗《きれい》な目をしているの。まるで孔雀《くじゃく》の羽根みたいだわ）

豪奢な衣装を纏った優美で気品溢れる男だ。近づいてくるほどに重々しい威圧感を感じる。存在するだけで他者を圧倒するなど、ただ者ではない。

いでたちからして、結婚式に招かれた来賓の一人であることは間違いなかった。

問題は、彼が誰で、なぜこの場に現れたかだ。

（あの目……）

自然が生み出した最高傑作の芸術品と言っても過言ではない不思議な瞳に、ラシェルは心当たりがあった。

（もしかして、この方がハバル国の王）

ハバル国はロクツァナ国より南に位置し、連峰ミャルマを越えた先に広がる大国だ。数年前に先王が病で崩御し、王弟であるアシュラフ・イブン・アル＝アクサイブが王座に就いた。彼は金獅子のような金色のたてがみに似た髪に、王家の者のみが持つ孔雀の羽根模様の目をしているという。

噂《うわさ》でしか知らなかったが、実際目の当たりにすると、すべてにおいて異質だった。

だからこそ、確信があった。

彼はハバル国の王アシュラフだ。

素性はわかったが、もう一つの疑問は残る。アシュラフがこの場にいる理由だ。

式が終わるまで、聖堂内は関係者以外の立ち入りを禁じている。このことは、来賓たちにも伝わっているはず。散策をしていて迷ったというにしても、彼はあまりにも堂々としすぎていた。

いぶかしむラシェルをよそに、兵士らはアシュラフを制止するどころか、左右に分かれて道を空けた。

（な、何……？）

兵士たちの行動に、ラシェルは内心面食らった。

よどみない足取りで目の前まで来たアシュラフは、父や五歳年上の兄よりも長身だった。佇《たたず》まいすら泰然としていて、威厳に満ちている。

そこに在るだけで、目を引く存在がどういうものなのか、ラシェルははじめて実感した。

こんなにも神々《こうごう》しい人を、ラシェルは知らない。

いつまでも彼を見ていたい。

そんな気持ちにさせる魅力があった。

釘付けになっていると、アシュラフがふと視線を和らげた。

素敵な瞳が細められる。それだけで、野性味ある顔立ちに親しみやすさが生まれた。

だから、ほんの一瞬だけ気を緩めてしまった。

「そなたを我がものに」

そう囁《ささや》かれた直後、背後からツンとした匂いを嗅《か》がされて、意識が途切れた。

◇◆◇

寝室にラシェルの啜《すす》り泣く声が響く。

「あ、あ……ん、んぁ……やめ……っ」

アシュラフに後背位で犯されながら、獣みたいな格好で喘《あえ》いでいる。

不本意なのに、揺さぶられることがなぜこんなにも気持ちいいのだろう。

太い怒張が腹の奥まで届いている。緩い律動が子宮の入り口を執拗《しつよう》に叩き、亀頭のくびれが粘膜を擦り上げていた。

甘い陶酔《とうすい》感が脳天を痺《しび》れさせる。

臀部に鍛え上げられた腹筋が当たるたびに、湿った音がした。ぶつかりすぎて、その部分だけが赤くなっても、アシュラフは腰の動きを止めない。

「ひ……ぐっ、ぅ……あぁっ、あ」

アシュラフの欲望は巨根というにふさわしい。長大なそれは難なくラシェルの最奥《さいおう》に届き、漲《みなぎ》る太い茎が、蜜道を押し広げてくる。

汗みずくになった身体は、揺さぶられるたびに乳房の尖頂《せんちょう》から滴《したた》り落ちた汗が飛び散っていた。

味わったことのない圧迫感が苦しい。

（いつまで続くの――）

寝室に差し込む月明かりを随分《ずいぶん》と長い間見ている気がする。

アシュラフの性欲に終わりはないのか。

蜜穴からは、中に放たれた彼の体液がかき混ぜられることで白く泡立ち、太股へと垂れてきている。肘を折り、寝台に顔を伏せて、アシュラフがもたらす恥辱《ちじょく》に耐えるが、理性を保つのも限界に近い。

「早く……おわって……、も……やめ、て……ぇっ」

「まだだ……っ。この程度で終《しま》いにできるわけがない。もっとだ、もっと寄越せ。まだまだ足りぬ！」

「ひ……っ」

恐ろしい返事に息を呑《の》むと、繋がったまま身体を反転させられた。膝が胸につくほど腰を持ち上げられ、違う角度から剛直に犯される。

「い――あぁっ、や……っ、な……んでっ、あ……ぁっ、あ！」

ひっきりなしに上がる嬌声《きょうせい》に、アシュラフがほくそ笑む。が、彼の表情も劣情に染まっていた。孔雀の羽根模様をした目がけぶるように色濃くなっている。目尻を赤く染めながら、荒い息づかいを繰り返していた。

「はっ、はぁ……っ。夢にまで見た光景だ。そなたの中が溢れるまで子種を注いでやろう」

「や……ぁっ、も……っ、いっぱい、になって、るっ」

「大いに結構っ」

「あ……っ、くっ！」

押し入っている剛直が一段と質量を増した気がした。

「な、ん……で、大きく……」

増した圧迫感に、ラシェルは首を横に振りながら泣いた。すると、アシュラフの手が頬に伸びてきた。

「愛らしい言葉で私を煽《あお》るからだ」

そんなこと、一言も言っていない。

潤んだ目で睨《ね》めつけるも、見つめる彼の眼差しの熱っぽさに胸が苦しくなる。

(なぜ、そのような目で私を見つめるの？)

きゅうっと欲望を締めつければ、アシュラフが口元に歓喜を滲《にじ》ませた。

「ラシェル……、我が運命」

「ちが……あぁっ！」

深く穿《うが》たれた刺激が、脳天を突き抜ける。

すがるものを求めて、咄嗟に彼の腕を摑んだ。親指が唇を割って中へと侵入してくる。

連続する深い律動から逃れたい一心で、夢中でそれに舌を這《は》わせて吸った。

「――っ」

一瞬、アシュラフが息を呑んだと思ったのは、気のせいだったろうか。次の瞬間。

「ラシェル……っ」

感極まった声と共に、猛然と腰を打ちつけられた。

その激しさに、目の前に銀色の閃光《せんこう》が幾本も走る。

「ふっ、ん……ふぅ……っ！」

「誰にも渡さぬ。私のものだ」

誰にともなく呟《つぶや》かれた言葉が、夜のしじまに溶けた。

じゅぼ、じゅぼ……と粘着質な音が鼓膜に響く。鼻に抜ける自分の息づかいが鮮明だった。

「んぁ……っ」

そのたっぷりと唾液《だえき》で濡れそぼった自分の指に、アシュラフが恍惚《こうこつ》の表情でむしゃぶりついた。

「あぁ、美味い」

（変態……っ）

あんなもの美味しいわけない。

アシュラフは悦に入った表情に歓喜を浮かべ、その指で乳房の尖頂をこねくり回した。

「やぁ……あ、んっ、ンッ！」

律動に合わせて、嬌声が口から押し出される。

淫らなことをされているのだと理解していても、心はどうしようもないくらい興奮もしていた。

会ったばかりの男と、あられもなくまぐわうことを悦《よろこ》んでいるなんて。

（私はどうしてしまったの――）

欲望を咥《くわ》え込んでいる場所は、彼の精を絞り出さんと夢中でしゃぶりつき、扱《しご》いていた。

奥から湧き出る蜜がさらに中を蠢《うごめ》くものの滑りをよくし、鮮烈な刺激を生む。粘膜を伝い全身に広がる悦楽には抗《あらが》いようもなく、ラシェルは甘美な刺激に身悶《みもだ》えた。

「あ……、あ……ぁ」

快感に震《ふる》える舌をアシュラフが搦《から》め捕《と》る。吸い上げ、甘噛みされ、やや乱暴に口腔《こうこう》を蹂躙《じゅうりん》された。

「ラシェル、……ラシェル」

両手でラシェルの頬を包み、至近距離から孔雀青色の瞳が覗き込んできた。

熱に浮かされたような目に、だらしない顔をした自分の姿が映り込んでいる。そんなラシェルを、彼が愛《いと》おしげに見つめ、汗で額に張りついた髪を撫《な》でた。

「そなたを手に入れたかった」

寝台に押しつぶされるほど腰を深く沈められる。そのまま中をかき混ぜるように腰を回されたかと思えば、亀頭が蜜穴から外れるほど引き抜かれ、一息に最奥まで沈み込んできた。

「ひぃっ、い……いぃっ!!」

悲鳴じみた声を上げれば、「気持ちいいか?」と何度も同じ動作を繰り返してくる。

「あぅ、ひ……っ、……ぁあっ!」

鮮烈な刺激に、何度も視界が白く明滅する。

「あぁ、愛らしい。いくらでも食らっていられる。でも、まだだ。まだ満たされぬ」

昂《たか》ぶる身をぶるりと震わせ、涙と飲み込み損なった唾液に塗《まみ》れた顔を、アシュラフがべろり、べろりと舌で舐めてくる。自分の匂いを身体の隅々にまで染み込ませるような行為は、獣のマーキングにも似ていた。

「もっとさらけ出せ。そなたのすべてを見せろ」

なぜ、彼はこんなことをするのだろう。

国を守るため、自分は今また道具となった。そんなラシェルを、アシュラフは美味そうに貪《むさぼ》っている。身体全部で抱き込み、種づけしようと必死だ。

そんなものに感じたくない。

自分を道具としてしか見ない男に、ラシェルが与えるものなど一つもない。

なのに、懸命に心を守ろうとするほど、アシュラフがえも言われぬ快感でラシェルを誘惑するのだ。

理性など手放してしまえ、と。

快楽に溺れろと誘う。

「ラシェルのすべてを食らうぞ――」

「な……っ、あぁ！」

横向きにされると、別の角度からラシェルを責め立ててきた。

「わかるか？　我が精を求めて、子を孕む袋が降りてきている。飢《う》えているのは、そなたも同じ。まだまだ飲み足りないと言っているようではないか？」

「だめ……っ、いけま、せん……。もう……許してぇ――」

「できぬ相談だ」

ぶるりとアシュラフが胴震いすると、勢いよく熱い飛沫《ひまつ》が最奥にかかった。

「ひ――ッ」

きゅうっと子を孕《はら》む場所が収縮し、身体を縮こませる。蜜道が忙しなく蠕動《ぜんどう》を繰り返しながら、最後の一滴まで搾り取らんとアシュラフのものを扱いた。

「……くっ」

二度、三度と腰を打ちつけられる間も、すぎる絶頂の悦びに、自分が何を拒んでいたのかもつかの間わからなくなった。とろりと中に流れ込んでくるものを感じて、ラシェルも身を震わせた。

（あ……あぁ、また出されてしまった）

これで、何度彼の精を浴びただろう。

長大なものがゆっくりとラシェルの中から抜け出ていく。その摩擦にすら身体は歓喜を覚えていた。

「あ……ぁ」

（やっと、抜いてくれた……）

さすがにアシュラフも気が済んだのだろう。

長すぎる行為に身体は疲弊している。

それでも、理性を手放さなかったことが誇らしかった。

この身をどれだけ蹂躙されようと、心までは渡さなかった。

その悦びに内心うち震えていた矢先だ。

「──あぅっ……」

再び、脚を開かされると指が秘部の中を弄《まさぐ》ってきた。

「痙攣《けいれん》してよく吸いついてくる。そうか、片時も離れたくないか」

ほくそ笑んだアシュラフが、手で欲望を扱いた。みるみる力を取り戻した様子に、ラシェルは愕然《がくぜん》となる。

「うそ……でしょ」

「何を驚く。我がものを離さんとしているのはラシェルだぞ。案ずるな、期待には応える。心ゆくまで食らうがいい」

不敵な笑みに、ぞっとした。

赤黒い子どもの握り拳ほどの亀頭を持った極太の代物《しろもの》は、ラシェルにとって絶望の象徴みたいに思えた。ラシェルの蜜と己が放った精で濡れたそれを、再び蜜穴へと埋め込んでいく。

「ン――――ぁあっ！」

圧倒的な質量も、互いの体液が潤滑油となり難なく奥へと潜《もぐ》り込んできた。

「ラシェル、どこが気持ちいい？　ここか？　それとも、奥のここか」

「やめ……はっ、あぁ、う……ぁ!!　あんっ！」

びりっと腰骨に走った鋭い刺激に声を上げると、アシュラフがしたり顔で同じ場所を穿ち出した。

「ここだな」

「はぁっ、あ……やぁ、う……そ、な……んでっ！」

今までとは違う強さが怖いのに、穿たれるたびに気持ちよさが広がっていく。少し痛みを伴う刺激に目の奥がちかちかした。

「もうさほど痛みもないだろう？　これからが本番だ。存分に腹を満たせ」

彼が下腹部に添えた手に力を込めると、いっそう中を蠢くアシュラフの存在を感じた。

（こんなの——知らないっ）

感じたことのない強烈な快感だった。

今までとは明らかに違う、ラシェルの理性を根こそぎ剝《は》ぎ取ろうとする激しい律動に、何もわからなくなる。

まだこれほどまでの力を残していたことも、ラシェルを徹底的に陥落させんとする術も、すべてにおいて桁違いであることを思い知らされた気がした。

「よく馴染んでくる。私に抱かれるためにある身体だな、ラシェル。そなたもそう思うだろう？　快感に身を委ねれば、そなたは今よりずっと楽になる。自由を味わってみたくはないか？」

「その……ような、も……の——っ」

「望まぬ、か？　ならば、欲するまで与え続けるまでだ」

「ひぁ、あっ、ん、んぁっ、は……ぁあっ」

弱い部分を集中的に攻められれば、ぞくぞくと下腹部を疼かせる熱に何度も腰が震えた。

「な……ん、で……。嘘……、止まらない——ッ」

立て続けにやってくる絶頂感に顎《あご》を反らせて怯《おび》える。

「搾り……取られる、な」

掠《かす》れ声で嘯《うそぶ》き、アシュラフが腰を回して、最奥に先端を擦りつけてきた。

「はぁ……っ、あん、んぁっ！」

打ちつけられた飛沫にまた快感を覚え、全身がわななく。

「だめ……これ、やぁ……あぁ……」

「何度でもイけばいい。この場に理性など邪魔だ」

「あ、ぁ……っ！」

ぎゅうっと乳房を鷲掴みにされた痛みにすら感じて、ラシェルはまた絶頂に飛んだ。

（こんなの……だめ、壊れ……てしまう）

ラシェル・フォートリエが瓦解してしまう。必死で築き上げたものが、たった一夜にして崩されようとしていた。

自分自身ですら知らなかったものが、引きずり出されようとしている。

ラシェルが我が身に施した抑圧という拘束具が、外されてしまう――。

（怖い――。私をさらけ出させないで）

溢れた蜜が、ぶつかる肌と肌の間でばちゃ、ばちゃと音を立てている。胸の尖頂が愛撫《あいぶ》を求めて、痛いくらい堅くなっていた。

「あ、あ――っ、やめ……、……ぃ、でっ」

涙を零しながら、歓喜に身悶える。

（もう……耐えきれない――っ）

だって、こんなにも気持ちいいのだ。

理性を手放してしまえば、またたく間に快楽へとすり替わっていった。

「い……いっ、気持ち……いいっ」

「あぁ、私も気持ちいい」

アシュラフの上ずった声がして、唇を舐《ねぶ》られる。口を開ければ、嬉々として潜り込んでくる肉厚なものにラシェルも舌を絡ませた。

上と下の口を同時に愛撫される音が、全身を満たす。多幸感に包まれれば、あとは与えられる快感に溺れるだけだった。

言葉にした悦楽が、耳から入り、ラシェルを満たす。

「私のだ」

「あぁ……っ」

味わう快楽に、ラシェルはいつしか微笑を浮かべていた。自らも腰をくねらせ、アシュラフを誘う。欲望に素直になれば、いくらでも淫らになれた。

そしてまた絶頂へと追い上げられた。

「ひ――っ！」

秘部が痙攣すると同時に、アシュラフもまた中で爆《は》ぜた。

「あ……ぁ、また出て……るっ。全部……飲んで……る、の」

「あぁ、上手いぞ。すべてそなたのものだ」

両手を手綱《たづな》のように持たれ、腕の間でたわわな乳房が上下に揺れる。達したまま降りてこられない悦楽に、意識が焼き切れそうだ。

「あ、あぁぁ……っ、だ……めぇっ!!」

ぎゅうっと握り拳に力を込めた直後、意識が唐突に途切れた。


ふと目が覚めたときには、空は明るくなり始めていた。

(いつの間に……？)

精も根も尽き果てるほど翻弄され、意識を飛ばしたときは、まだ闇に包まれていた部屋も、今は窓から入り込んでくる清涼な気配に包まれていた。

汗ばんだ肌に絹の敷布の冷たさが心地いい。

だが、身体を覆う疲労感と倦怠《けんたい》感のなんと重たいことだろう。

ラシェルは寝台に横たわったまま、蝶の羽ばたきよりもゆっくりと瞬きをした。

ほっと吐いた息は、わずかに熱っぽい。

ただ快感の余韻が燻《くすぶ》っているだけなのか、それとも本当に熱があるのか。それすらどうでもよくなるくらい今は気だるく、指一本動かすのも億劫《おっくう》だった。

神はあとどれくらい自分に試練を課すつもりなのだろう。

これ以上の最悪はないと思うくらい、最低な気分だった。

でも、アシュラフとの悦楽に溺れた自分こそが最低なのだ。

意識を飛ばす間際の自分は、完全に理性を手放していた。心が望むまま、欲望を声に出し、快感を求めた。

(私の中に、あんな自分がいたのね)

ラシェルは、ロクツァナ国民からは聖女と呼ばれていた。それは、どんなときも他者を労《いたわ》り、誰よりも自分に厳しくあったからだ。

願望など、最後に口にしたのはいつだったろう。

妃教育が始まってからは、なおさら自分を押し殺すことを求められた。

もとより、ラシェル・フォートリエに自我や自由など必要なかった。

(——はじめてだったの)

誰かから楽になれ、と言われたことなどない。

父ですら、ラシェルに求めたのは国のために犠牲になることだった。

たった一人、ラシェルに自由を提示した人は、ロクツァナ国の安全と引き換えにこの身を差し出すよう要求してきた男なのか。

（何がしたいの？）

今もその人は背後からラシェルを抱き竦《すく》め、蜂蜜色の髪に指を絡めては口づけている。上機嫌な様子からは、とても祖国を盾にしてラシェルを脅《おど》した者とは思えなかった。

少なくとも、役目は果たせた、と受け取っていいのだろうか。

「これで、ロクツァナ国を侵略しないでくださるのですね」

「そう慌てるな」

「陛下っ」

間延びした返事に声を荒らげると、「アシュラフだ」と言われた。

「そなたには我が名を呼ぶことを許す」

悠長な言葉にイライラした。

経験したことのないことをしたあとだからか、上手く感情の制御ができない。

ラシェルが理不尽な取引に応じたのは、ロクツァナ国の民を救うためだ。

「アシュラフ陛下、真面目に答えてください」

重たい身体を反転させ、肘をついた手に頭を乗せて悠然と横たわるアシュラフを睨めつけた。

「私はいたって真面目だ」

「でしたら、約束は守ってくださるのですね」

「我が国が攻め入らずとも、ロクツァナ国はクーデターの最中だ」

「――っ」

耳を疑う言葉に、ラシェルは目を見開いた。事もなげに言われた言葉をすぐには理解できなかった。

（ロクツァナ国に――クーデターですって……⁉）

愕然として、アシュラフを見つめ返す。

「どういうことですか⁉」

「言葉のとおりだ。ロクツァナ国は間もなく我が国の支配下に置かれる」

告げられた内容には、もう絶句するしかない。

どれもはじめて耳にすることばかりだ。

父はクーデターを起こすことも、ハバル国の配下に下ることも、一言も言ってはいなかった。

予想もしていなかった展開に飛び起きると、アシュラフが面白そうに目を細めた。

「ほう？　存外元気ではないか。体力がある女はいい。元気な子をたくさん産んでくれるからな」

「最初から私を騙《だま》すつもりだったのですねっ」

腰を撫でながら、とんちんかんなことを言う男の手をはねのける。

一国の王に対し不敬を働いたにもかかわらず、アシュラフは「痛いではないか」と嬉しそうだった。

アシュラフはロクツァナ国でクーデターが起こることを事前に知りながら、ラシェルに理不尽な要求を突きつけてきたのだ。

（どうして――っ）

いったい、ラシェルにどんな恨みがあるというのか。

会ったばかりの男から、これほどの屈辱《くつじょく》を与えられる理由がどこにある。

睨《にら》みつける目に力を込めるも、アシュラフはどこ吹く風だ。ふてぶてしさしかない態度に、ますます苛立《いらだ》ちが募っていく。

「国を滅ぼすのは、そなたが心を砕いている民たちだ。言っただろう、クーデターだと」

その言葉が意味することを正確に伝えようとするかのごとく、アシュラフの口調が慎重なものになった。

「――ですが、お父様たちが決起するのは最終手段だったはずです！」

クーデターは、ラシェルが王族となり、内側から内政のてこ入れをしても立ち直らせられなかった場合にのみ起こす行動だと聞かされていた。

なぜ、今だったのか。

自分のあずかり知らぬところで、別の計画が秘密裏に進行していた。ラシェルだけが蚊帳《かや》の外だった。

父や兄たちとは、家族である以上に、変革を望む同志であると思っていたのは、自分だけだったのだろうか。

「いつから、計画はすり替わっていたのですか？」

発した苦々しげな声に、アシュラフがにやりと笑った。

「それを聞いてどうする？　エルデー公爵を筆頭とする反王政派が王家を落とすのは、時間の問題だけだったはずだ。この場合大事なのは結果であり、経緯はさほど重要ではない。そなたも思っていただろう。一刻も早く手を打たなければならないとな」

もっともな理由に、ラシェルは唇を噛みしめた。

（どうしてなのです、お父様）

ラシェルの父エルデー公爵は、ロクツァナ国王家の悪政に不満を抱いていた。

王家は民の苦しみなど何も知ろうとしない。

自分さえよければいいという彼らは、民が命を削って絞り出した血税を湯水のごとく使う。享楽《きょうらく》に耽《ふけ》り、浪費を繰り返したのだ。

かつてはそれでよかっただろう。

ロクツァナ国の港が各国の船で賑《にぎ》わっていたのは、過去のことだ。彼らは、持ち込んだ特産物を業者に卸し、ロクツァナ国特産の果実マルフィアを持って海を渡る。しかし、陸路が開拓されたことでロクツァナ国は急速に衰退していったのだ。ロクツァナ国が栄華を極めていた時代は終わったのだ。そのことに気づけない王家は、近隣諸国とも良好な関係を築くことができず、孤立していった。唯一、グルニーテ国とだけは同盟関係にあるが、近年は、職を求めて他国へ出稼ぎに出る者の流出が止まらなくなっていた。

今、国民の大半を占めているのが、夫を待つ妻や子ども、そして老人だ。そんな彼らが年々重くなる税を死に物狂いで捻出している。その血税を王家の人間たちは己の享楽につぎ込むのだ。救いのない悪循環は、国を蝕《むしば》み続けている。

現在の状況に警告を発していたのが、ラシェルの父エルデー公爵だ。

父は、何度も民を顧みることを王家に提言し続けた。

しかし、王家は父の声に耳を傾けることはなかったばかりか、ラシェルを王太子ナルシスの婚約者に所望したのだ。

王家としては口うるさい男の娘を王族に引き込むことで、父を黙らせようという魂胆だったのだろう。

本来なら、到底受け入れることなどできない要求だ。だが父はこれを好機と捉え、ロクツァナ国を中枢から変えようと算段を立てた。

ラシェルが王太子妃となれば、生家であるエルデー公爵の発言力も大きくなる。権力を得て、衰退の一途を辿る国を立て直そうと考えた。

妃教育を受けるべく王宮に入った日から、ラシェルは政治の道具となった。

ラシェルと王太子ナルシス・デュナンの婚姻は、ロクツァナ国の未来を変えるたった一つの希望となった。

父は王家が改心し、国を正しい道へと導くことを望む一方で、国を根底から変える策をも講じていた。それほど、王家の信用は地に落ちてしまっていたからだ。変わるかもわからない意識変化を待つより、統治者をすげ替える方が確実だと考えたのも致し方ないこと。

それが、クーデターだ。

最終手段であったはずのことが、今現実で起こっているという。

(私はそれほど信頼に値しない存在でしたか？　未来を任せられませんでしたか？)

父は、ラシェルの結婚を待たずして、反旗を掲げた。

それが、抱いた疑問に対する父が出した答えのような気がしてならない。

だとするなら、自分がしてきたこととは何だったのだろう。

「――なぜ、ロクツァナ国はハバル国の支配下に置かれるのですか？」

おのずと、視線が下がっていく。

うなだれるように俯《うつむ》けば、声音もくぐもった。

「クーデターに我が国も一枚嚙んでいるからに決まっている。エルデー公爵らに武器と物資を支援する代償として、本懐を遂げた暁《あかつき》には、ロクツァナ国は自治権のみを残し、ハバル国の配下に下るとの密約を交わした」

アシュラフは身を起こし寝台から降りると、サイドテーブルにある用紙を手にした。

「これだ」

渡された書簡は正式なもので、アシュラフが話したとおりの内容が書かれていた。文末にはアシュラフと父エルデー公爵の署名が連名でされている。

間違いなく父の直筆であるからこそ、ラシェルはやりきれなさを覚えずにはいられなかった。

(私がお父様の字を見誤ることなんてないもの)

ラシェルが王太子の許嫁となってからは、王宮に住まいを移していた。そのため、家族と会えるのは年に数回程度。その分、手紙で近況を知らせ合っていたのだ。

父は、ラシェルを王族へと差し出す準備を進めつつ、ハバル国とも通じていた。念には念を入れるところは、実に父らしいと思う。しかし、この密約と今回の一件は、ラシェルへの裏切りにも等しいものだ。

(お父様は、私を信頼してくださっていたわけではないのですね)

「ありがとうございます」とラシェルは書簡を返した。

正式な書簡を寝台の側に置いてあったのは、おそらくラシェルに見せることを想定してのことだったのだろう。でなければ、大事なものをこんなところに置くはずがない。

つまり、この会話すらアシュラフは予想していたということだ。

「ですが、陛下の話には矛盾があります。私を拉致《らち》する理由がありません」

「私は王だ。相応の貢ぎ物を献上させるのは当然だと思わないか？」

身も蓋《ふた》もない主張こそ、ラシェルが連れ去られた理由なのか。

（私は国のための供物――。そうなのですか、お父様）

思い返せば、控え室を出たときからすでに計画は始まっていたのだろう。ラシェルを護衛する兵士たちも、父らの仲間だったに違いない。だからこそ、彼らはアシュラフに道を空けたのだ。

嫁ぎ先がロクツァナ国王家からハバル国王へ変わっただけ。そう思えてしまえれば、どれほど楽だったろう。

右手で左腕を強く摑みながら下唇を嚙みしめると、アシュラフが弾けるように笑い出した。

「聖女と呼ばれるそなたの口惜しげな顔を見られるとは、実にいい気分だ！」

すこぶる上機嫌な様子を、胡乱《うろん》な目で見た。

「そう睨むな。感情を露《あらわ》にすることは決して悪いことではない。取り澄ましたそなたも美しいが、私はいろんなそなたを見てみたいのだ」

この男は、ラシェルをからかっているのだろうか。

ラシェルを貢ぎ物と言った口で「美しい」とも言う。

「エルデー公爵からお前にと預かっている。読むがいい」

アシュラフが差し出したのは、エルデー公爵家の蜜蠟《みつろう》が押されている白い便箋《びんせん》だった。

(お父様から、私に……?)

警戒しながらもそれを受け取り、封を切る。


ラシェルに幸あれ。


たった一行だけの別れの手紙だった。

見た瞬間、かろうじて残っていた父への期待が跡形もなく消えていった。アシュラフにこれまでの顚末を聞かされてもまだ、父が自分を裏切るはずがない、と心の片隅で思っていた。

(私の幸とは、何なのですか?)

一人見知らぬ国に連れ去られて、早々に純潔を散らされ、自分が積み上げてきたものを壊され、用なしになったのだと突きつけられたラシェルに、どんな幸せがあるというのか。

(私の幸せは、民を幸せにすることだったのです)

それだけを願って生きてきた。それしか望んでこなかった!

(——お父様……っ)

果たして、父はどんな気持ちでこの手紙をしたためたのだろう。

決別の文句にしても、あまりにも短い文面を食い入るように見た。

せめて、これまでの労をねぎらう言葉一つでも書かれていれば報われたかもしれないのに——。

(私はお父様にとって、何だったのですか……?)

白い余白が、やたらと目に染みる。

ラシェルにかける言葉はこれ以上ないと言われているみたいだった。

(いいえ、いいえ!　違うわ。きっとこれは、万が一を考慮し、最低限の言葉のみを綴《つづ》ったのよ)

この手紙が王家に渡ったとしても、クーデターを悟られないため、必要最低限の言葉しか綴れなかった。

そうに違いないと思いたい気持ちがあるのに、父への信頼が揺らいだ心はどんな言葉でも疑ってかかってしまう。

——お願い。誰か違うと言って。

これ以上、自分を否定させないで。惨《みじ》めにしないで。

ラシェルは、父の手紙を胸に抱きしめうなだれた。

「お父様、お父様……。愛しております」

喉まで出かかった恨み言を、ラシェルは愛の言葉にすることで父への思いを慰めた。父を嫌いになりたくなかったからだ。

国と民を守るためには致し方ないのだと、無理矢理自分を納得させる。そうでなければ、あまりにもラシェルが可哀想《かわいそう》ではないか。

涙声で呟くと、アシュラフが手紙を奪い取った。

一読し、「あれも不器用な男だ」と呆《あき》れた口調で言った。

「あなたに何がわかるというのですか？　私を拉致した方が、父への同情を語る。――滑稽《こっけい》ですね」

「そなたよりは、わかるさ。私はそなたほど頭が固くないからな。先入観と固定概念でしか世界を見られないそなたは、生き辛《づら》そうだな」

ふんと鼻を鳴らし、憎まれ口を叩くラシェルをいなした。

「――陛下に私を語ることなどできませんっ。私の何を知っているというのですか」

声こそ荒らげなかったが、口調には怒気が滲《にじ》んだ。

「悔しいか、ラシェル」

「――ッ！」

このタイミングで図星を指してくる男が忌々《いまいま》しくてならない。

「自分だけが何も知らされていなかったこと。計画の外に置かれたことが口惜しいのだろう？」

何もかもお見通しだという口調に、ラシェルは唇を噛む。祖国のことを、ラシェル以上に彼が知っていることが悔しかった。

アシュラフが王だからか。

所詮、女である自分は政治の世界には入れない。ロクツァナ国では女の役割は家庭を守ることが第一だと考えられていた。

「――だとしても、私など、陛下に献上する価値があるとは思えません」

ロクツァナ国内でならいざ知らず、ハバル国での存在価値などたかが知れている。

アシュラフの慰み者として差し出されたとしても、所詮は一時のこと。興味がなくなれば、体のいい理由をつけて捨てられるのが関の山だ。

「私は欲しいものを手に入れたに過ぎぬ」

「それが私だと？」

それこそ滑稽な話だと、ラシェルが自嘲《じちょう》気味な笑みを浮かべた刹那《せつな》。

「そうだ」

アシュラフが、再びラシェルを寝台に押し倒した。

「は、離してください」

「断る」

「陛下っ！」

抗議の声を上げると、間髪《かんはつ》を容《い》れず「アシュラフと呼べ」と言われた。

「たった一晩では腹は満たされぬ。もっとそなたを味わわせろ」

「な――っ、このようなときにお戯《たわむ》れはおやめくださいっ」

「今せずして、いつする。四の五の言わず寄越せ」

あれだけして、まだ足りないのなら、彼の性欲は底なしだ。

「わ、私は食べ物ではありませんっ」

「私の源だ」

覆い被さってきた綺麗な顔を、思わず両手で押し返した。

「ほう、私を拒むか」

指の隙間から孔雀の羽根模様の目が、ゆるりと細くなるのが見えた。こちらの出方を窺うかのような様子に、一瞬身体が強《こわ》ばる。

横暴だろうと、アシュラフは王だった。

「そ、そのようなつもりは……」

はっとして抵抗する力を緩めれば、「そなたの役目は何だ」と問われた。

「我が飢えはそなたでなければ癒されん。手に入れたからには、手放すつもりはない」

「で、ですがっ。ロクツァナ国は今！」

混乱の最中にあるならなおのこと、自分も民と共にあるべきではないのか。

アシュラフの性欲を満たす相手は、誰でもできる。けれど、ロクツァナ国の民には自分の代わりはいないのだ。

食い下がれば、「ラシェルには関係のないことだ」と一蹴された。

「そなたが国へ戻ったところで、できることなどない」

「あります！」

父から用済みの烙印《らくいん》を押されようとも、ラシェルには民らに寄り添えていたという自負がある。今、民の支えになれないでどうする。

睨みつけるように、美しい双眸《そうぼう》を見返せばアシュラフが「頑固者が」とせせら笑った。

「今はそれでいい。だが、じき私の言葉が事実であることを知るだろう」

なんて傲慢《ごうまん》で自信に満ちた口ぶりなのか。そして、なんという迫力ある目なのだろう。

内心気圧されつつ、それでも視線をそらさずにいると、ふと見つめる眼差しが熱を帯びた。

「民を想うそなたは美しいな。ロクツァナ国の民に嫉妬《しっと》しそうだ」

「お戯れなら、他の方となさってください！」

「私はラシェルが欲しい」

「――っ」

まっすぐな言葉に、不覚にも鼓動が跳ねた。

こんなにも直接的に気持ちをぶつけられたことなどない。

言葉に詰まると、孔雀の羽根に似た瞳が蠱惑《こわく》的に艶《つや》めいた。大きな手でラシェルの前髪を梳《す》きながら「ようやくだ」と囁く。近づいてきた唇を避けることもできないまま、ラシェルはぎゅっと目を瞑《つむ》った。

啄《ついば》むような、触れるだけの口づけが幾度も唇に降ってくる。

「口を開けろ。昨夜の悦びを覚えているだろう?」

唇の上で囁かれると、ずくり……とまだ抜けきれなかった快感の余韻が疼いた。

心のまま振る舞うことで得られる解放感は、一夜にしてこの身に根付いてしまった。

アシュラフの慰み者になれば、またあの快感を味わうことができる。

必要ないと切り捨てるには、苦しかった。

不本意な行為だが、身も心も満たされてしまったあの感覚が忘れられない。

一晩かけて思い知らされたからこそ、ラシェルは抗うことができなかった。

おずおずと唇を開くと、すぐさま入ってきた舌に口腔を蹂躙される。

「ん……」

身体のあちこちに燻る悦びの火種を燃え立たせるような舌遣いだった。歯列をなぞる舌先が、上顎を擦ってくる。搦め捕られた舌の感触に怯えたのは、触れた瞬間だけ。あとはじん……と腰骨が痺れる感覚に、身体が震えた。

いったい、自分はどうなってしまったのだろう。

いけないと思いつつも、身体はどんどん開いていく。

アシュラフが巧みなのか、ラシェルがはしたないだけなのか。

「もう私のものが恋しくなったか？　腰が揺れているぞ」

満足げな笑みを浮かべたアシュラフが、脚に手をかけ左右へ割り開かされた。

「や……ぁ」

「どの口が言っている」

蜜穴に押しつけられた欲望の先端が、ゆっくりと中へと潜ってくる。

「ひ……っ、い……ぁぁ」

「ここは悦びに打ち震えている。何度味わっても足りない。実に、いい……締まりだ」

アシュラフが零した感嘆の声には、愉悦とわずかな苦しさが混じっている。

「だめ……、奥までは……いけませんっ」

「なぜだ？　そなたはここを……こうして擦られるのが好きなのだ」

「ひぁっ、あっあ……！」

最奥近くを亀頭のくびれにごりごりと撫でられる。緩い律動だが、粘膜が伝えてくる刺激に子を孕む場所が何度も切なさを訴えてきた。

咄嗟《とっさ》に枕を摑み、襲いかかってくる快感に歯を食いしばって耐えた。

「あぁ、いい子だ。私によく懐いてくる。そなたは物覚えがいい」

口づけをされながら、何度も軽い絶頂へと追い上げられる。息苦しさと味わわされる悦楽に、意識が飛びかけてはそのたびに引き戻された。

「あぅっ……、あ……はぁっ、……また……吸って、しま……う、の」

「いくらでも味わえばいいだろう。ん?」

宥《なだ》める声に、ラシェルはいやいやと首を横に振った。

「乱れて……しまう、から。私……で、なくな……る」

「それは楽しみだ」

腰を打ちつける音に合わせて、秘部から溢れた蜜が散る。豊かな乳房の形が変わるほど握られ、尖頂を硬く尖らされた。

「忘れるな。その身は我がものとなったのだ。たとえラシェル自身であろうと、粗末にすることは許さぬ」

そう言い含めるアシュラフの声は、興奮で掠れていた。舌でねっとりと耳を舐られると、きゅうっと秘部が締まる。

蠕動する粘膜が、あれを望んでいる。

散々、最奥へ叩きつけられた熱い飛沫をもう一度飲みたいと言っていた。

(そんな、駄目よ)

いくら性事情に疎《うと》くても、この行為が何を意味しているかくらいは知っている。何度も胎《はら》の中に子種を注がれたら、いくらもしないうちに子を孕んでしまう。

でも、じわりと奥に注ぎ込まれる何とも言えない多幸感を思い出すだけで、期待に身体が震えた。

（またあれを味わってしまったら、私は――）

「あ……、やぁ……。注が……ない、で」

だが、硬くなった欲望はすでにその兆しを見せている。

後生だから、これ以上子種だけは蒔《ま》かないで。

涙で濡れた顔で必死になって懇願すると、アシュラフは笑みを深くした。

「では、そなたの愛らしい口で受け止めてみるか？」

「え……？　口とは……、あ……あぁっ！」

ずるりと抜け落ちた圧迫感に寂《さび》しさを覚えたのも一瞬、唇にあてがわれた肉塊の先端に目をむいた。

むっと雄の香りがする。困惑《こんわく》の目を向ければ、アシュラフの指が口の中に入ってきた。

「歯を……立てるなよ」

昂ぶった声音で呟き、ぬるりとそれが入ってきた。

「ふ、んン――ッ」

顔を両手で押さえつけられ、ず、ずず……と屹立《きつりつ》が口の中へと侵入してくる。

「そなたは口も小さい」

苦しげに片目を細めつつも、アシュラフは行為をやめようとしない。

身体で受け入れるのと、口に咥《くわ》えるのとでは、これほどまで感覚が違うものなのか。息苦しさに涙目になりつつ、必死で欲望を咥え込みながらアシュラフを見上げた。美しい孔雀の羽根模様をした瞳に、嗜虐《しぎゃく》的な光が見える。口端がわずかに上がっていた。

「う……ぐ、ぅン──っ」

ずるずると入ってきたものが、舌の上を撫でていく。かと思えば、ゆっくりと引き抜かれた。亀頭のくびれが、上顎と舌を同時に擦る。

「ふっ……、……ぅ……う」

なんてものを口にしているのだろう。

ひどい恐怖心があるのに、行為の破廉恥さが肉体を煽った。二十年近くかけて作り上げたラシェル・フォートリエが、少しずつ打ち壊されていくかのようだった。

「そうだ……。口を窄めながら、舌を這わすように舐めるんだ」

上ずった声に従い、おずおずと舌を動かす。丁度当たっているくびれ部分を舌先で触ると、口の中で欲望が跳ねた。

「……くっ」

アシュラフの鍛えられた腹筋に力がこもり、一瞬動きが止まった。彼は眉間《みけん》に皺《しわ》を作り、苦悶《くもん》の表情を浮かべる。

「──いや。今日は、……何もしなくていい」

わずかに焦《あせ》りが滲んだ声を発すると、アシュラフが再び律動を始めた。

「……っ、……はっ」

徐々にアシュラフの吐く息が熱っぽくなってくる。見つめる眼差しも今まで以上に欲情に染まっていた。

匂い立つ凄絶な色香に、身体の奥がきゅんと切なくなってくる。先ほどまでアシュラフを受け入れていた場所だ。

最初は三分の一ほどしか入らなかったものも、今は半分まで口に収まっている。口腔に独特の苦みが広がると、全身に甘い痺れが広がった。

(な──、ん……で)

息苦しいのに、アシュラフを拒めない。

溜まった唾液が、口端から零れ落ちていく。自分の息遣いと、どくどくと脈打つ鼓動が、やたら大きく聞こえていた。

開いたままでいるせいか、顎も怠《だる》くなってきた。

涙と涎《よだれ》で濡れた顔はきっとひどい有様になっているだろう。

苦しいほど、アシュラフのものを欲しがるように食んでしまう。口腔を蜜道のごとく窄めては欲望を扱き、吐精を促すのだ。

アシュラフの動きも余裕がなくなっている。

口の中で欲望がぐん……と肥大した刹那。

「ふっ、……ん、ん――っ！」

熱い飛沫が喉奥に叩きつけられた。

◇◆◇

燦々《さんさん》と降り注ぐ太陽光の下に一本の木が立っている。

ラシェルはエルデー公爵領にある、ロクツァナ国にしかないマルフィアの木がとても好きだった。

その根元に座って空を見上げると、木漏れ日が金糸のように見える。

下膨れした黄色の果実から薫る爽やかな酸味を感じながら、風にそよぐ梢が奏でる葉ずれの音を聞いていると、天上の楽園を訪れたような幸せな気持ちになれた。

マルフィアの実は、酸味が強くまったく美味しくない。でも、果実を搾り水で割れば途端に最高の味になる。分厚い皮に覆われた実の中に、想像するだけで口の中が酸っぱくなる果汁がたくさん詰まっているのだ。

その酸っぱさを知っている者なら、まず好んで果実を食べようとは思わない。

しかし、ラシェルはこっそりと食べていた。

生家にいるときも、王宮で暮らすようになってからも、食べることをやめられなかった。

この強烈な酸っぱさに比べれば、妃教育など大したことではないと思えるからだ。

それに、いつか見たマルフィアの精に会えるかもしれない。

木から落ちて怪我をしていた少しおっちょこちょいな精は、太陽の光をちりばめた金色の髪と、とても不思議な目の色をしていた。

枯れ果てた木を見たら、精はきっと悲しむだろう。

悪いのは、全部王家だ。彼らのせいで、民はマルフィアの木の皮まで食べなければいけなくなったのだ。

(妃教育なんて大嫌い)

王太子の許嫁になったばかりの頃は、何のために努力しなければいけないのかわからなかった。

誰のための妃教育なのか。

なぜ自分だけが苦しまなくてはならないのか。

泣くことすら許されなかったラシェルは、悲しみを酸っぱさの涙でごまかすしかなかった。

「ラシェル、起きろ」

誰かに頬を突かれ、目が覚めた。

（──な、に？　誰……なの？）

何度も指で頬を押されている。眠りを妨《さまた》げようとする強い意志が煙たくて、ラシェルは邪険にその手を払いのけた。

（せっかくいい夢を見ていたのに）

内容までは覚えていないが、とても懐かしい香りを嗅《か》いでいた気がする。

（マルフィアの香り。でも、誰かがいたような……？　あぁ、駄目。頭が働かないわ）

今朝はやたら身体が重たい。股の奥にはひどい異物感が残っているし、爪の先まで疲労感があった。指を動かすことを、これほど億劫だと感じたのははじめてだ。

（いったい、何をしたのだったかしら……）

ダンスのレッスンも、礼儀作法も、今では王家の誰よりも完璧になった。望まれれば、何時間でも姿勢を正したままでいられる。乗馬は婚姻前の身に怪我をさせてはいけないと当面禁止されているから、股関節が痛くなるようなことなどしていないはずなのに──。

けれど、今朝の倦怠感は今まで味わったものとは違う。

股の奥に残る疼痛《とうつう》に、ラシェルは目を瞑ったまま眉を寄せた。

「ラシェル、食事だ。昨日はほとんど何も食べてないだろう。起きるんだ。さもないと、私がそなたを食べてしまうぞ」

さっきからラシェルを起こそうとしている彼は誰だったろう。

「ん……」

毎朝、ラシェルを起こしてくれる侍女はどうしたのか。

「コリンヌ、もう少し眠らせて……」

「こら。誰と間違えている」

口調は困っているが、ラシェルの顔を撫でる手つきは優しい。

「ふ、ふふ……、コリンヌの手。気持ちいい……」

「それは光栄だ」

声の主が含み笑う。

「私の手が好きか」

「ええ……」

好き。

そう言いかけ、握りしめた手の感触が、コリンヌのものにしては随分と大きいことに気がついた。彼女の手はもっと華奢《きゃしゃ》で、ラシェルと同じくらいの大きさだったはず。

すると、徐々に意識が鮮明になっていく。

（――え？　では、誰……？）

そこで、ようやく自分の置かれた状況を思い出した。

（そうよ、私は――）

はっと目を開けば、眼前には金色の豊かな髪が見えた。

蕩《とろ》けるような甘ったるい笑みに彩られた凜々しい美貌が、寝台の端に頬杖をついてラシェルを見ていた。

「おはよう、我が愛しき姫よ。寝顔も愛らしいな」

「――ッ⁉」

アシュラフの朝日よりも眩《まぶ》しく神々しい美貌に目が眩《くら》む。

「……陛、下？」

喉を酷使したせいか、呼びかける声が掠れていた。

「腹が空《す》いただろう。食事を準備させた」

そう言って立ち上がった彼は、深紅色をした立て襟の服を纏っていた。腰には太いベルトを巻き、彼が動くと足首まである服の裾がなびいている。

どうやら、アシュラフは着痩《きや》せするらしい。筋肉質な体軀《たいく》のわりに、衣服を纏った姿はすらりとしていて、禁欲的ですらあった。

なんて均整の取れた体つきをしているのだろう。

腰の位置が恐ろしく高い。脚の長さだけでも、ラシェルの臍《へそ》をゆうに超えている。肩の広さも顔の小ささも、すべてが完璧だった。

人と会う機会は多かったが、アシュラフほど視線を奪う存在は知らない。

ついじっと見ていると、視線に気づいたアシュラフが「どうした？」と首を傾げた。

「あぁ、そうか。立てないのだな。抱いて運んでやろう」

「ち、違いますっ！」

「無理をするな。足腰が使い物にならないはずだ。そうさせたのは私なのだから、喜んでそなたの足になろう」

そう言うなり、掛布を剝いでラシェルを腕に抱きかかえた。

「きゃあっ！」

疲労感に気を取られて気づかなかったが、ラシェルは何も身に纏っていない。慌てて掛布に手を伸ばすも、アシュラフが朗らかに笑って遮《さえぎ》った。

「今さら隠すこともなかろう」

「……そういう問題ではございませんっ。恥じらいというものがございますでしょう⁉」

「だが、今日も抱くし、明日も明後日も抱くぞ？」

さも当然と言わんばかりの口ぶりがもたらした衝撃の事実に、ラシェルは愕然とした。

冗談ではない。あんなことばかりしていたら、身体がもたない。

カッと羞恥に頬を赤く染めながら、猛然と抗議する。

「あ、れは――っ。陛下が人身御供になれとおっしゃったから、……致し方なく」

「そのわりには乱れておったが？」

「――ッ」

アシュラフの腕の中で快感に身悶え、欲しいと泣かされたことは、まだ記憶に新しい。

ますます顔を真っ赤にして「知りませんっ」と突っぱねれば、アシュラフがにやりと悪そうな顔をした。

「ほう？　ならば、自覚するまで何度でも教えてやらねばな」

矢のような速さで寝台に逆戻りしたアシュラフが、嬉々として乗り上げてくる。欲情を宿した孔雀の羽根模様の双眸が、けぶるように色濃くなった。

それだけで、快感が残る身体はじくり……と疼いた。

咄嗟に近くにあった掛布で身体を隠したが、その端はアシュラフに摑まれていた。

奪われてしまってはいけないと思いつつ、不思議な色合いの瞳に見つめられると、抵抗する手に力が入らない。はらりと落とされれば、豊かな乳房が露になった。

アシュラフがつけた無数の赤い痕《あと》が卑猥《ひわい》に見える。

また頬を染めれば、アシュラフが滲み笑いで美貌を彩った。

舌なめずりをしたアシュラフに、そっと乳房を下から持ち上げるように掴まれたときだ。

「あ……っ」

「私の印だな」

空腹を訴える音がラシェルの腹から鳴った。

アシュラフの手も止まる。

「――……聞、かない……で」

恥ずかしくて、いっそ消えてしまいたい。

だって、仕方ないではないか。昨日は朝から婚礼の準備でほとんど何も口にしていなかったのだ。

ラシェルは両手で顔を覆って、羞恥に身を縮めた。その前で、アシュラフが顔を伏せる。小刻みに肩を揺らしたかと思えば、突然弾けるように笑い出した。

「すまなかった。まずは腹を満たそう！」

「わ……っ」

そう言うなり、またラシェルを横抱きに持ち上げた。今度こそ寝台から降りると、控えていた侍女二人がラシェルに水色の羽織をかけた。さらさらとした生地は、とても肌触りがいい。袖部分には白色の同じ生地でたっぷりとレースがあしらわれているのに、とても軽い。アシュラフのものにしては、随分と愛らしい気がする。

「陛下、これは？」

「気に入らぬか？　よく似合っていると思うぞ」

自分のためにに用意されていたものだとは思わず驚いた。いつの間に彼はこれを用意していたのだろう。

視線を巡らすと、窓の外に澄み渡る空が見えた。

（眩しい、いい天気ね）

日差しが当たる窓際の壁に沿って置かれた脚のないローソファの前に敷かれた敷物には、所狭しと料理が並んでいた。朝食にしては豪華すぎる量に目を瞠《みは》った。

「ハバル国の料理ははじめてだろう？　そなたの好みがわからなかったので、とりあえず一通り用意させた。私にそなたの好きな味を教えてくれ」

教えてくれと言われても、一度で食べきれる量ではない。

多すぎる料理の数に戸惑うラシェルを抱えたまま、アシュラフは料理の前に座った。

アシュラフは、ラシェルの身体にかけただけの羽織に手を通させ、紐で括《くく》る。「あぁ、髪が邪魔だな」と呟くと、蜂蜜色の髪を編んで侍女から受け取った紐で括った。

「そなたは美しいな」

最後に、コツンと額に額を押し当てながら、アシュラフがしみじみと囁く。その声には喜悦が滲んでいた。

嬉しくてたまらない、という彼の気持ちが伝わってくる。

かいがいしい様子に目を瞬かせながらも「へ、陛下っ！」と慌《あわ》てて彼の身体を押しやった。

「そういうことは、なさらなくて結構です」

「我が姫の世話を、私がせずして誰がする。当面は好きにさせろ」

好きにさせろって。

「私は陛下の姫などではありませんっ」

「そなたの声は怒っていても鈴の音のごとく軽やかで心地いい。閨《ねや》での泣き声もたまらぬが、覇気のある声も私は好きだ」

「ち、違います！　何をおっしゃっているのですか！　私の話を聞いてください。私は——」

「じゃれつく仕草も愛らしい」

「全部勘違いですっ。……何をなさっているのですか？」

手摑みで口の前に持ってこられた料理を胡乱な目で見れば、「あーん、だ」とアシュラフがなんともだらしない顔をして言った。

「自分で食べられますっ」

「いいから、されるがままにしていろ。すべて私がする」

それが一番困るのだと言っているのに、アシュラフはまるでわかっていない。

どこに大国の王を顎で使う公爵令嬢がいるものか。

このままでは、本当にアシュラフにすべてをされてしまいそうな危機感を覚えたラシェルは、急いで彼の膝の上から降りようともがいた。

「こら、どこへ行く」

だが、腰に絡みついている腕がラシェルを引きとめた。

「ですがっ、このままでは食べられません」

「私が食べさせてやると言っているだろう。これなんかはどうだ？　薄く焼いた小麦パンに鶏肉を挟んだものだ。肉が嫌なら、魚もあるぞ。それとも、口当たりのいい果実はどうだ。これは、南国の地で取れる葡萄《ぶどう》だ。それとも、さっぱりとした酸味が美味な林檎《りんご》もあるぞ」

アシュラフはあれこれと、指で差してラシェルの反応を窺《うかが》っている。

「陛下、ですから本当に一人で食べられます」

「そうか。楽しみだな」

口ではそう言いながらも、葡萄をラシェルの口の中に放り込んできた。行動と言動のちぐはぐさにアシュラフは気づいていないのか。それとも、あえてラシェルの意志を無視しているのか。

十中八九、自分の欲望に忠実なだけだろう。

しかし、なんて楽しそうなのか。

（いいえ、……浮かれている？）

だが、アシュラフが喜ぶ理由がわからなかった。

与えられた衣服も、用意された食事もすべてが上質だ。何より、アシュラフの機嫌のよさからしても、歓迎されていると思っていいのだろう。

(でも、どうして?)

嚙みしめた瞬間から口の中いっぱいに広がる酸味とみずみずしさに、ラシェルは思いきり目を丸くした。

「どうだ、美味いだろう」

美貌が作るしたり顔のなんと様になることか。

でも、彼が自慢したくなるのも納得だ。これまでラシェルが口にした果物の中で一番の美味しさだった。

憎らしいほど凛々しい顔を見遣《みや》り、ラシェルは口をもごもごさせながら頷《うなず》いた。

「こちらの果実水も飲むといい」

気をよくしたアシュラフが、グラスに注がれた果実水を手に取ると、果実を嚥下《えんげ》する前に、グラスが唇に当てられた。まだ無理だと首を振ったのだが、「いらない」と勘違いしたアシュラフが仕方なさそうに眉を下げて、それを呷《おあ》った。

(陛下も喉が渇いていたのかしら?)

いぶかしんだ次の瞬間、唐突にアシュラフの顔が近づいてきた。

「ん、ンっ」

ラシェルが口を開ける前から果実水を注がれる。顎を伝い流れる感触に慌てて口を開けば、待っていたとばかりに口移しで果実水を飲まされた。生ぬるい水に眉をひそめるも、アシュラフはついでとばかりに、差し込んだ舌で丁寧に口腔を撫でていく。その巧みな動きは的確に官能を刺激してきた。

一晩中蕩けさせられた身体は、たったそれだけのことで熱くなってしまう。

「は……ぁ」

すべて注ぎ終えると、アシュラフが顎へと零れた水を舌で舐め取った。

「どうだ、もっとか？　口の中が爽やかになっただろう」

うっとりとした口調はひどく満足げで、名残惜しげにラシェルの下唇を舐めては食んでくる。

味など堪能する暇がどこにあったというのだろう。

（生ぬるさしかわからなかった）

水すら一人で飲ませてくれないのか。

かしずかれることには慣れていても、かまわれることには慣れてない。しかも、肌を密着させながら手取り足取り世話を焼かれては、食事を楽しむこともままならなかった。

（つ、疲れるわ）

上機嫌な横顔を見ながら、アシュラフへの対応に戸惑ってしまう。

アシュラフの言動は、一貫性がないからだ。

国のための献上品だと嘯きながらも、手ずから食事を食べさせるかいがいしさを見せてくる。執拗に求めた時間の中で何度「我が姫」と呼ばれたか。

（私のことを――愛らしい、なんて）

顔立ちの造形を褒められることはあっても、自分に愛嬌《あいきょう》がないことくらい知っている。民を導くためには孤高で高潔でなければならなかったからだ。

（陛下は私をどうするおつもりなの？）

激情を注ぐ濃厚な行為も、愛玩動物を愛《め》でるような彼の言動も、どれも慰み者に向けるものではない。

「ラシェル」

「――え？」

名を呼ばれ、はっとする。アシュラフが大きく口を開けて待っていた。

「――何をなさっているのですか？」

「わからぬか？」

予想はつくが、念のためこわごわ答え合わせを希望した。

「まさか、私にも食べさせろとおっしゃっているのですか？」

開いた口を閉じないのは、肯定を意味しているからなのか。

（本気なの？　だって――）

彼はまがりなりにも大国の王なのだ。

アシュラフが何を考えているのか、まったく理解できない。彼は王として矜持《きょうじ》は持ち合わせていないのだろうか。

どうしていいかわからなくて、視線で周りに助けを求めた。

控えている侍女や給仕の者たちは、にこやかな笑顔を浮かべながら一礼してくるだけで、アシュラフの戯れを止める様子はまったくない。

「ラシェル、早くしろ。顎がだるいぞ」

本気だ。

くらりとする頭を抱えつつ、ラシェルは敷物に並べられた豪勢な食事を見た。

やれと言われた以上、今のラシェルに断る権利はない。

（しかし、すごいわね）

ハバル国の正式な食事における礼儀作法は、左手で食べることだ。そのため並べられた料理も手で摑みやすく作られているものがほとんどだった。

見たこともない食材も多い。それほど、ハバル国は貿易も盛んだということなのだ。

ロクツァナ国とは天と地ほども違う。民を導く者が違うと、これほどまでに差が生まれるものなのか。

「普段からこのような贅沢をされているのですか？」

「この程度は贅沢とは呼ばぬ」

些末《さまつ》なことだと言ってのけるのは、王族だから民の暮らしを知らないせいなのか。それとも、国が潤っているからなのか。

ロクツァナ国王家は前者だった。

享楽と快楽に溺れた一部の貴族と王族たちは、民の苦しみを知らず、贅沢三昧だった。そのせいで、どれほどの民が餓えに苦しみ死んでいっただろう。

王宮で催される一夜の夜会の料理があれば、救える命があったというのに。

ラシェルは市井の現状を知っているからこそ、ここ数年は理由をつけて夜会を欠席していた。

王族たちが口にしているのは、ただの食事ではない。民の命も同然だ。

そう思えば、彼らが悪魔のように見えて恐ろしかった。夜ごと催される夜会も汚らわしいものにしか思えず、いつしか王宮は悪魔の住処《すみか》になったとすら思っていた。

「ラシェル、まだか」

焦《じ》れる声に、仕方なく料理を手に取り、アシュラフの口に入れた。

先ほど、彼が勧めてくれた小麦パンに鶏肉を挟んだものだ。

これが一番手前にあったことと、かつ満足感がありそうだった。

（わ……、一口）

口の前に差し出した途端、一口ですべて食べてしまった。

なんて大きな口だろう。

「……いかがですか？」

咀嚼《そしゃく》したアシュラフが満足そうに笑った。

「あぁ、美味い。幸せの味がする。ラシェル、次はあれがいい」

アシュラフが指さした料理を目で追い、「こちらですか？」と確認する。

摑むのに丁度いい大きさに整えてから、アシュラフの口元へと運んだ。

やはり、それも一口で食べてしまった。

それにしても、彼はとても美味しそうに食べる人だ。

ラシェルにとって、食べることは生きるためでしかなかった。だから、味わい楽しむ感覚は新鮮であり、驚きでもあった。

食事は楽しむことでもあると、ロクツァナ国の民たちは知っているだろうか。

彼らを思えば、自分だけが満たされていることに後ろめたさを覚えずにはいられなかった。

（みんな、どうしているかしら？）

どうか、民たちを巻き込むことだけはしないでほしい。

いつの時代も戦乱の一番の被害者は、国民たちだからだ。

「ラシェル、ソースが零れているぞ」

「え？　あっ！」

ぼうっとしていたせいで、持っていた料理から零れたソースが手首まで伝い流れていた。

慌ててナプキンをもらおうと侍女たちに顔を向けた直後だ。

「あっ――」

その手を取ったアシュラフが、ソース塗れの手に舌を這わせた。下から上へと舐め上げ、持っていたパンをそのまま一口で頬張っていく。大きな口と、一瞬目が合った孔雀の羽根模様の目が、猛獣を連想させた。

獣に餌付《えづ》けをするのは、こんな感覚なのだろうか。

丁寧に指に残ったソースを舐め取る姿を、ラシェルは呆然《ぼうぜん》と見つめていた。

（懐かれてる、みたい――）

思わず、その豊かな金色の髪が獅子のたてがみに見えて手を伸ばしかけた。

「な、何をなさっているのですかっ」

だが、はたと正気に返り手を引き抜くと、アシュラフをたしなめた。

「王が他人の手から食事を取るなど、――ありえませんっ。尊厳にかかわります！」

「誰も見ておらぬではないか」

「彼らがおりますっ。下の者に示しがつかない行動はお控えください」

語気を荒らげると、アシュラフは仕方なさそうに肩を竦めた。

「ラシェルの頭はガチガチだな。元老院の古狸《ふるだぬき》より難儀だ。王族は民の手本であれ、とでも教えられてきたのか？」

「そのとおりだと思いますが、いけませんか？」

ツンとすまし顔をすれば、アシュラフが片頬をゆがめて苦笑した。

「悪くはないが、生き辛そうだ。もっと肩の力を抜かなければ、息が詰まってしまうぞ。頑張りすぎれば、それは毒になる」

「お気遣いありがとうございます。ですが、私は辛くはありません」

放っておいてと突き放せば、「やれやれだ」とアシュラフが笑った。

けれど、その様子は少しも困ったふうではない。むしろ、つれなくされても楽しくて仕方ないのだと言わんばかりに、全身から喜びを滲ませている。

ふいに大きな手がゆっくりとラシェルの頭を撫でた。

「仕方のない奴は、私がゆっくりと教育し直してやろう。生きることは楽しむことだと骨の髄まで教え込んでやる」

楽しみにしていろ、とアシュラフがくしゃりと髪をかき回した。

幼子《おさなご》をあやすような仕草に、どうしようもないくらいいたたまれなくなる。

か。


「わ、私は――今のままで結構です！」

教育なら王宮で血反吐《ちへど》を吐くまでやったのだ。

「人生を楽しめと申しているだけだ。怖がることなどない」

腑に落ちない様子のアシュラフは、ラシェルの歩んできた道など知るよしもない。

大国の王族として生まれ、賢王として民に慕われる彼に、ラシェルの何を語れるというのか。

「私の人生など――、どこにあるというのですか」

民を救いたい一心でやってきた人生だった。

それを、勝手に変えたのは他でもないアシュラフではないか。

なのに、「人生を楽しめ、怖がるな」なんてどの口が言うのか。

口惜しさに、ぎゅうっと拳を握りしめた。

そんなラシェルを見て、「そうだったな」とアシュラフがしみじみ告げた。

「ハバル国の食事形式はどこで習った？」

「妃教育の一環として、他国の文化やマナーを覚えました」

いずれナルシスの妻となれば、内外へ出向くこともあるだろう。そのとき、他国との親善を図るために相手国の文化やマナーを知っておくのは重要なことだとされていた。

ラシェルは傾き続けるロクツァナ国を救うためには、自国だけの力では難しいと思っていた。だからこそ、他国の協力を仰《あお》ぐためにも、積極的に外交に必要な知識を学んできたのだ。

アシュラフの口ぶりからして、その成果は出ているということだろう。

本来なら、夫となるナルシスに頼りたかったが、享楽好きの彼に国の未来を預けることは不安でしかなかった。役立たずの王太子に代わって、ラシェルがしっかりしなければいけなかったのだ。

「なるほど。では、私のことも知っていたのか？」

興味深そうな眼差しに、ラシェルは否定する理由もなく頷いた。

「兄上様だった先王が病で崩御なされたのち、王座に就いたアシュラフ王は、新たな交易路となる陸路を開拓したことで、ハバル国にさらなる繁栄をもたらしました。民からはその見た目から敬意と親愛を込めて金獅子王と呼ばれているとか」

「では、私が開拓した交易路ではどんなものが流通している」

「香辛料です」

「よく学んでいる、褒美だ」

悠然と笑ったアシュラフが、また果実水を流し込んできた。あまりにも素早い行動に、まんまと唇を奪われてしまう。

「ん……、ふぅ」

「そなた以上にこの胸をかき立てる存在はないだろう」

満足げな呟きを零し、濡れたラシェルの唇を舐めた。

「お、お戯れはやめてください」

「そなたとなら、いくらでも戯れてみたいものだ」

くすくすと笑いながら、アシュラフが唇を頬へと滑らせる。

「陛下っ」

「アシュラフ。そう呼べと言っただろう？」

いたずらを始めた手を摑んで押しとどめると、なぜかみるみる綺麗な双眸にやる気を漲らせた。

「そうか、ラシェルも私に触れたくなったか」

「なぜそうなるのですっ。それよりも、ご政務に遅れますよっ」

どう解釈すればそう受け取れるのか。都合のいい勘違いの連続に目眩《めまい》がしてきそうだ。

睨めつけると、アシュラフが頬を綻ばせた。

「聞いたか、皆の者！　我が姫は美しいだけでなく、勤勉でもあるぞ」

声を弾ませたアシュラフに、控えていた従者たちがそろって「おめでとうございます」と声をかけた。

ラシェルはただの慰み者。ロクツァナ国からの献上品だ。

なのに、どうにもアシュラフを筆頭に、ラシェルへの対応がおかしい。

誓って、祝福される立場にない。

一人だけ周りの雰囲気についていけないでいると、アシュラフがやに下がった顔でラシェルを見た。

「そなたがいるだけで、気乗りしない一日の始まりも特別に感じられる。こんなに心弾む朝ははじめてだ」

昨夜の傲慢な王の顔はどこに行ったのか。

さすが我が姫、と嬉しそうに抱きしめるアシュラフは、完全に舞い上がっている。

それでも、大国の王に褒められれば悪い気はしなかった。

「せ、政務が滞って困るのは民なのですよ」

少し得意げに告げると、アシュラフは「うんうん」と感心したように頷いた。

「そなたはいい教育係に指南を受けたのだな。騒動が収まった暁には、その者に褒美を取らせよう」

王宮で主《おも》にラシェルの教育係を務めていたのは、キトリーだ。ベニシュ伯爵の嫡男でありながら、学問の道を進むことを望み、一年のほとんどを王宮の書庫で過ごすという国内随一の変わり者。しかし、彼の知識の豊富さもまた国内一で、父がラシェルの教育係にはぜひ彼をとロクツァナ国王に願い出たことで実現した。

（キトリー先生はどうされているのかしら？　ご無事だといいのだけれど）

昨日の今日だ。クーデターが収まったとは考えにくい。

(私には遠い場所から指を咥えて見ていることしかできないの？)

何か民たちのためにできることはないだろうか。無事を祈るだけなんて、あまりにも歯痒い。

「いつから、陛下はロクツァナ国を支配下に置く算段をしていたのですか？」

あくまでも呼称を変えないのは、あなたに心を許したくない、というラシェルなりの意思表示だった。

感じるところがあったのだろう。アシュラフが苦笑した。

「聞いてどうする」

「私の国のことを知りたいと思うのは当然です」

食ってかかれば、「すべてが整ったのちに知ればいい」とのんびりした声でごまかされた。

「……それはいつ？　ロクツァナ国はこの先どうなるのですか？」

「ラシェルが案ずることではない。私の役目だ」

にこりと笑っているのは顔だけで、目は少しも笑っていない。

アシュラフは、ロクツァナ国のことにラシェルを関与させるつもりは毛頭ないのだ。

こんな顔もできるのだから、恐ろしい人だ。

けれど、ラシェルとて負けてはいられない。

「私は、ロクツァナ国王太子妃になるはずでした。善良な民たちを心配するのは当然のことではありませんか？」

己の正当性を主張すれば、鼻先で笑われた。

「王族でもないそなたがすることではない、と言っているのだ」

「──ッ」

覇気ある声が発する一喝に、びりっと空気が震えた。

告げられた正論にぐうの音も出ない。

（そのようなことは、わかっているの。でも……）

ラシェルはロクツァナ国ひいてはロクツァナ国の民を助けるためだけに、人生を捧げてきた。民の暮らしを楽にすることがラシェルの唯一の喜びだったのだ。

彼らからの感謝の言葉が、明日への活力だった。

王家は民を顧みない。だからこそ、ラシェルが民を守らなければならない、と。

伝えたい想いがあるのに、アシュラフを前にすると言葉にならない。

（どうして？）

答えを探すようにアシュラフを見つめた。

先ほどまでの浮かれた気配は綺麗になくなり、今、目の前にいるのは、王の顔をした彼だ。

「ラシェルは祖国の民が善良だと言ったな。本心で言っておるのか？」

アシュラフは果実水を呷りながら、視線をラシェルへと向ける。探るような視線に、ラシェルはぐっと顎を引いてかまえた。

本能が彼に怯えていた。

「おっしゃる意味がわかりません」

一瞬アシュラフが目を眇《すが》めた。その呆れたような表情が、心を傷つけた。

「ロクツァナ国でそなたは献身的に慈善活動を行ってきた。民はそなたを〝聖女〟と敬い、感謝を伝え続けたとか」

「彼らに寄り添うことがいけないことだとおっしゃるのですか？」

「そのとおりだ。一方的にそなたの善意を享受するだけの者を、善良と言わない。だが、そなたは当然のこととして受け止めている。何とも気持ちの悪い関係だな」

容赦のない非難に、ラシェルは愕然とした。

自分が正しいと思っていたことを、真っ向から否定されたのだ。

(私たちの関係が……気持ち悪い？)

「それは……っ、彼らはとても貧しく、差し出せるものがなかったからですっ。民を愚弄するのはおやめください」

「だから、感謝の言葉だけで満足していたと？　そなたの善意が、彼らから立ち上がる力をそぎ取っているなど、想像もしていなかったようだな」

「な……にを、おっしゃって――」

目をむけば、アシュラフがほっと息を吐いた。

「人とは、楽を覚えれば、どこまでも堕《お》ちていける。労することなく生きていけると知れば、簡単に努力することを放棄する。そなたは、民を助けると同時に、彼らを甘やかし堕落《だらく》させていたのだ」

アシュラフの言葉が胸に刺さった。

怖かったのは、彼の本質を見抜く目だったのだ。

大国を治める彼には、ラシェルの行動が滑稽に見えていたに違いない。国を導く者だからこそ、真の正解を導くこともできるのだ。

そして、アシュラフはラシェルの行動を否とした。

「だが、それもクーデターと共に終わる。この先は、彼らも自分の足で歩いていく道を選ぶ。そなたが民のために犠牲になる理由もなくなるのだ」

ラシェルは、自分の中で何かが壊れていく音を聞いた。

長年かけて少しずつ心の中に溜まっていった己の存在意義が、突如粉砕し消えた。

クーデターが成し遂げられれば、王制は終わりを迎える。

新しい時代の到来は、すなわちラシェルの生きる意義の消滅を意味していた。

十二年間の努力が無に帰すのだ。

（ならば、私のしてきたことはいったい何だったの……？）

いずれは、役目を終えることはわかっていた。

けれど、王族の一人としての終焉《しゅうえん》しか想定していなかった。こんなふうに唐突に役を下ろされたら、どうしていいかわからない。

身体の奥底がゆっくりと冷えていくみたいだ。

（私は――）

そんなラシェルにアシュラフが葡萄を一粒もいで、口元へ運んできた。

「そなたが今すべきことは、民の未来を憂《うれ》えることではなく、己の腹を満たすことだ。そして、身体を休めるがいい。すべてはそれからだ」

こてんぱんに叩きのめされて、食欲など湧くわけがない。

いらないと首を振って、視線を下げた。

「事実は残酷だな」

アシュラフが葡萄の粒を自分の口へと放り込む。

「だが、落ち込むことはない。自分の行動を客観視する機会が得られたのは、喜ばしいことだ。今を好機と捉え、存分に悩み、新たな道を見つけるがいい」

人の心に土足で踏み込んできたくせに、口調はあくまで他人事だ。アシュラフの言葉は自信に満ち溢れていた。

大国ハバルを治めているという自負が、彼の自信の裏付けなら、ラシェルは何を誇りにすればいいのだろう。

民のためと律してきた自分も、父らと共に国を立て直すという願いも、すべて潰《つい》えた。こんな自分は誰が肯定してくれるのだろう。

反論の一つでもしたいのに、悔しさと惨めさが喉を焼く。目尻がこみ上げる熱で痛くなるのも、気づかない振りをした。

「困った奴だ」

笑って、アシュラフが頭を撫で、頬を擽《くすぐ》り、指で顎を撫でてくる。

「わ、私は猫ではございませんっ」

たまらず顔を上げると、慈しみを浮かべた微笑と目が合った。

「このような愛らしい猫は、是が非でも手懐けたいものだ。どうだ、私に飼われてみる気はないか？　世界一の果報猫にする自信はある」

その手つきの優しさに、ラシェルはますます混乱した。

厳しい口調でラシェルを貶《おとし》めた口で、愛を紡《つむ》ぐからだ。

辛く当たったり、甘やかしたり、アシュラフは忙しい。

そもそも、なぜアシュラフはこれほどまでラシェルにこだわるのか。

見つめていると、嗚咽が喉につっかえ噎《む》せた。

「大丈夫か？」

「だ……い、丈夫です」

声は掠れてしまったが何でもないと首を振ると、アシュラフがわずかに顔を曇らせた。

「そなた……」

すると、抱き寄せられ、「いい子だ」と頭を撫でてあやされた。

「駄目だな。そなたを目にすると、気分が高揚してしまう。大事にしたいというのに、理性が追いつかぬ」

「わ、――私は、ただの献上品です」

「そうだな。私が望んだから、そなたは今、ここにいる。私は果報者だ」

だから、それを献上品というのではないのか。

首筋をアシュラフの唇が這っている。柔らかい金色の髪が頬の下や顎を擽ってこそばゆい。

背中に回された大きな手が身体をなぞり、感触を楽しんでいた。

「へい――、んン……っ」

抗議の声を上げた刹那、アシュラフに唇を塞がれた。口腔に入ってきた舌が、遠慮なくラシェルの中をかき混ぜる。逃げ惑う舌を搦め捕ることなど、彼には造作もなかった。

「人……がっ、見ていますっ」

口づけの合間に抵抗するも、「誰も気にしておらぬ」とどこ吹く風だ。

「私が、気になるのですっ」

睦《むつ》み事を他人に見られる恥ずかしさは、屈辱とよく似ている。頬を真っ赤にさせながらやめてと訴えた。

「ラシェル。我が姫よ。我が妻となり共に生きよう」

「な――」

燻っていた悲しみが一瞬で吹き飛んでしまうほど、突拍子もない言葉に頭が真っ白になった。

「生涯そなただけを愛すると誓う。私が望むのも、求めるのもラシェルだけ。そなたしかいらぬ」

「ま……待って」

「まだ待たせるつもりか？」

ラシェルは一度も彼を待たせた覚えなどない。

振り回されているのはラシェルなのに、アシュラフはさも自分が焦らされているかのような口調だ。

「はぁ……、あ……っ」

着ていた羽織の結びを解かれ、肌が露になる。零れ落ちた乳房にアシュラフが恍惚とした眼差しを向けた。

「私を誘う禁断の果実だな」

そう言うなり、ラシェルをソファに押し倒すと、乳房の間に顔を埋めた。

「や――、あっ……ぁあっ」

「ラシェル、愛しい我が姫」

違う。自分はそんなものではない。

拒みたいのに、覆い被さる体躯は押したところでびくともしない。ばたつかせた足先が、料理の皿に当たり、びくりと身体が震えた。食べ物を粗末にしてしまうと思えば、ろくな抵抗もできなくなった。

アシュラフが恍惚とした表情で、乳房に吸いついた。

「あ……んっ、そ……、のようなこと、は」

「そなたのすべては私のものだ」

そうかもしれないが、心はまだ現状を受け入れられていない。

「へ……いか、まだ……食事が」

「後だ」

アシュラフが煩《わずら》わしそうに服の留め具を外していった。欲情に染まった孔雀の羽根模様の瞳には、ラシェルしか映っていない。

なぜそんな熱い目で私を見るの――？

アシュラフの手が秘部を隠す茂みの中へと潜《もぐ》っていく。

媚肉の割れ目を擦る仕草に、ラシェルは駄目だと首を何度も振った。

始まってしまったら、きっとまた自分は自分でなくなってしまう。

それでも、一晩中愛された身体は、覚えた快楽の味を求めて勝手に緩んでいく。

くち……と聞こえた淫らな音に、アシュラフが情欲に染まった表情で、下唇を舐めた。ゆっくりと指が蜜穴へと潜っていく。

「やぁ、あ……」

ずぶずぶと入ってくる違和感とは違う感覚に、ぶるりと背中が震えたときだ。

「失礼いたします。陛下、政務のお時間でございます」

「――っ！」

扉越しにかけられた声に、心臓が縮み上がる。

いつの間にか、仕えていた使用人の姿はなく、部屋にはラシェルたちだけになっていた。

「あ……」

教育が行き届いた従者たちの配慮にほっと胸を撫で下ろすも、あやうく流されるところだった。

「後で行く」

邪魔をされたことへの不機嫌さを隠しもしないアシュラフは、それでも愛撫の手は止めない。ラシェルは「い、いけませんっ」と声を上げた。

「やらないと言っていない。終われば行く」

「陛下っ！」

「急ぎの案件はないぞ」

「ロクツァナ国の件にてご確認いただきたいと外務大臣が政務室にて待っております」

あくまでも欲望を優先させるアシュラフに、男が言葉を被せてきた。そら見ろと言わんばかりにラシェルがアシュラフを睨めつける。

「……それに関しては、のちほど指示を出す」

「我が国を蔑《ないがし》ろにするのなら、本気で怒りますよっ」

政務より性欲を優先するような国王にロクツァナ国は渡せない。

見据える視線に力を込めれば、アシュラフの動きが止まった。

「陛下。どうしますか？　このままご寵妃《ちょうき》に本気で嫌われるか、政務をしてご褒美をいただくかの二択しかありませんよ」

（そんなことは申しておりませんっ！）

助け船かと思った声は、とんでもない提案を出してきた。

アシュラフがじぃっとラシェルを見つめる。ややしてふはっと笑った。

「これは、是が非でもそなたの教育係に会わねばならぬな。もう少し融通を利かせられる程度の遊び心も教えておくべきだったと進言せねば」

「な――っ、キトリー先生はとても優秀な先生です」

「ほう、キトリーというのか。して、当然女なのだろうな」

片眉を上げた美貌が、微妙に恐ろしい。

「性別が何か?」

「ラシェル、どちらなのだ。男か、女か?」

「……男の方です」

告げた瞬間、彼の眉間に深い皺が生まれた。

「キトリーとは女の名だろう。妃教育の講師はすべて女であるはずだが?」

だんだん低くなっていく声音に、背筋が冷えていく。

「そ、そうですが、父が……ぜひ彼にと願い出たからです。何かいけないことがあるのですか?」

「わからぬか」

乳房に顔を埋めながらすごまれても、少しも怖くなかった。

答えに窮していると、アシュラフがくぐもった声で「解せぬ」とぼやいた。その後、仕方なさそうにため息をついて身体を起こし、自分とラシェルの着衣の乱れを直した。

本当にどうしたというのだろう?

怪訝な顔でいると、気がついたアシュラフが苦笑した。

「だが、それもそなたの愛らしいところだ。恋を知らぬそなたに愛を教えていくのも一興。楽しみは尽きぬ」

「陛下？」

「宮殿の中は好きに使え。だが、城壁の外には出るな。いい子でいてくれ。戻ったときの褒美を楽しみにしている」

「そ、そのようなものはございません」

頬を撫で、髪を撫でる彼の誤解を解こうとするも、アシュラフは屈託《くったく》ない顔で笑った。

「そうだな。ラシェルからのおねだりがいい。私を満足させられたら、望みを一つ叶えよう」

押し当てるだけの口づけをすると、アシュラフは部屋を出ていった。

(陛下を満足させられるようなおねだりですって?)

つくづく彼の考えていることがわからない。

しかし、なんて騒々しい朝食だったのだろう。

(それに、こんなにもたくさんの料理をどうするの？　私一人ではとても食べきれないわ)

困り果てているところに、最初に見た侍女二人が扉から入ってくる。

豪勢な料理を前に困惑していると、侍女の一人が進み出てきた。

「ラシェル様、もう少しお召し上がりになりませんか？　もしよろしければ、フォークとナイフもご用意しております」

「え？　いいのですか？」

目を瞬かせれば、「もちろんでございます」と微笑まれた。

この様式での食事は、ハバル国で最上級のもてなしにあたるが、ロクツァナ国での食事はテーブル席でナイフとフォークを使っていた。アシュラフはラシェルがハバル国の様式に不慣れであると考え、あらかじめロクツァナ国風の食事形式も準備させていたのだとか。

アシュラフなりにもてなそうとしていた気持ちを知れば、豪勢な光景に心が温かくなった。

思えば、与えるばかりの人生で、誰かに優しくされるなんていつ以来だろう。

「いいえ、大丈夫よ。ありがとう」

そう告げて、食事に手を伸ばす。

アシュラフが美味しいと勧めてくれたサンドイッチだ。

一口頬張った瞬間、じゅわっと肉のうま味が口いっぱいに広がってくる。

「美味しい」

ラシェルが頬を綻ばせると、侍女たちも微笑む。

薄く焼いた小麦パンと濃い味がついた鶏肉のバランスが絶妙で、見た目以上にあっさりとした口当たりのおかげで、いくらでも食べられそうだ。

「これは何という料理なの？」

「ラップサンドと言います。鶏肉をヨーグルトに漬け込み焼いたものを、薄く焼いた小麦パンで巻いて食べることからそう呼ばれるようになりました」

「それでは、こちらの揚げたものは？」

半円形の白い皮で包んだものを指すと「フィネルでございますね」と言われる。手を伸ばし一口食べてみると、ペースト状にしたジャガイモと挽肉に甘い香辛料が入った不思議な味がした。

「陛下はラシェル様が可愛くてなりませんのね」

侍女の一人がしみじみとした口調で言った。頬にそばかすを散らせた茶色の髪をした侍女の発言に、ラシェルは目を丸くした。

「まさか――っ。からかって楽しんでおられるだけです」

「あれほど楽しげな陛下を拝見するのは、久しぶりなのですよ」

否定したラシェルに、侍女が笑いながら首を振って答えた。

(あんなに騒々しいのに？)

怪訝な顔をすると、侍女たちは顔を見合わせ、アシュラフの近況について話し出した。

「陛下は先王であられたウサーマ様が崩御なさってからは、王として精力的に政に取り組んでおられました。陛下は王弟でございましたが、以前は武将であり、ウサーマ様の手足となって、国を守っておられたのです」

「先王はご病気だったと聞いています」

「はい。そのとおりでございます」

ハバル国を一時期混乱へと陥れた流行病《はやりやまい》に、運悪く先王も罹《かか》ってしまった。

「現在陛下が家族と呼べる方は、ウサーマ様の側妃で寵妃であったリーン様が産んだご子息ディヤー様だけです」

「王妃様に子はいらっしゃらなかったの？」

ラシェルの問いかけに、侍女たちは揃って気まずげな顔をした。

「……はい。王妃様はご成婚間もなくお亡くなりになり、それ以降、先王はご正妃をお迎えすることはありませんでした」

彼女たちの表情の理由が正妃の死因に関係しているのだろうが、ラシェルはそれ以上の追求はやめた。知ったところで何かが変わるわけでもない。

今もリーンとディヤーはアシュラフの恩情により、同じ後宮に部屋をもらって暮らしているのだとか。

「なぜ、ディヤー様は王座に就かなかったの？」

「生母であられるリーン様のご身分が低いためです。宮殿でお暮らしになっているのは、まだディヤー様が幼いことと、お二人が政治的に利用されかねないという陛下の判断でございます」

アシュラフが危惧するのも当然だ。

いくら母親の身分が低かろうと、野心を抱く者たちに丸め込まれてしまえば、いくらでも王位継承争いに担ぎ出されてしまうだろう。

二人を手元に置くことで、保護と監視の両方ができるというわけだ。

今、ハバル国が平和でいられるのは、アシュラフのおかげだ、と侍女は言った。

「陛下が病を食い止めてくださらなければ、ハバル国はどうなっていたことか。誰もが恐れた病に立ち向かい、策を講じてくださったことで、今の平安があるのです」

アシュラフは流行病に効く薬の製法を遊牧民から譲り受けることで、国の危機を救った。

彼がまだ将軍だった頃に、似た症状で滅びた遊牧民族がいたことを覚えていたことが幸運へと繋がったのだ。

「そのようなことがあったのね」

ラシェルも国外の情勢には極力触れるよう努めていたが、ハバル国に危機が訪れていたことは知らなかった。

アシュラフが箝口令《かんこうれい》を敷き、内情が漏れないようにしたからかもしれない。

大国であるからこそ、敵に隙を見せることをよしとしなかったのだろう。

「陛下はよき王でございます。私たちは陛下こそハバル国を創世した神獣の化身なのではないかと思っております」

「神獣、ですか?」

耳慣れない言葉を聞き返せば、侍女はハバル国に伝わる神話について話してくれた。

ハバル国は神獣が作り出したものであり、王族には人間と契った神獣の血が流れているというものだ。

「神獣は金色のたてがみをもつ獅子の姿をしていたとも言われております。陛下のお姿に獅子の姿を想像されませんか?」

侍女の誇らしげな言葉に、ラシェルは頷いた。

アシュラフの豊かな金色の髪は、獅子のたてがみを彷彿とさせる。そのたくましい体軀や、泰然とした佇まいもだ。

ハバル国の民たちにとって、アシュラフはこの国を照らす太陽みたいな存在なのだろう。彼がいることで活力が湧いてくる。それが活気となり、国を潤すのだ。

「陛下があんなふうに柔らかい笑顔と満ち足りた表情をなさったのは、本当に久しぶりだったのですよ。ラシェル様、ありがとうございます」

侍女たちが揃ってラシェルに頭を下げるものだから、困ってしまう。

弱り顔になりながら、静かに首を横に振った。

「私は何もしていないわ」

「いいえ、ラシェル様の存在が陛下のお心を癒やしてくださったのです。陛下にもっとも必要なものだったのに、私たちではどうすることもできませんでした。それが歯痒かったのです」

大げさだと思いつつも、笑顔の裏にあったアシュラフの孤独に切なさを覚えた。彼はどんな気持ちで過ごしてきたのだろう。国を導くには強靭な心が必要だ。王がうなだれ俯いてしまっては、民たちは不安になってしまう。だからこそ、アシュラフは彼らの太陽であろうとしたに違いない。

自分を律し、その分民には優しくあろうとした。

（いい人なのかしら）

侍女たちがアシュラフを案じているのも、それだけ民たちに慕われている証拠でもある。

こんなふうに民に心配してもらえる王がいる国を、ラシェルは羨《うらや》ましいと思った。

ロクツァナ国とはすべてが違う。

仮に疫病がはやり同じ状況に陥っても、王家の者たちは民を救おうとはしないだろう。彼らは常に自分たちのことしか考えていない。

我が祖国はどこで道を間違ってしまったのだろう。

（私は民を助けたかった――）

はじめは父の願いを叶えるため。

だが、民の暮らしを知っていくうちに、彼らを助けることがいつしか自分の生きる目標となった。

民の幸せを守りたい一心で人生を捧げてきたことが、民の向上心を削ぐことになったとアシュラフは言った。

自分のしてきたことは、民たちを堕落させたのだろうか。

彼らは、ラシェルの行いを迷惑だと思っていたのか？

向けてくれた笑顔と感謝の言葉が偽りであったなんて思いたくない。

しかし、今のラシェルにそれを確かめる術はなかった。

どうか父たちの悲願が叶ってほしいと思うも、心は晴れない。

ラシェルは、窓の外に広がる青い空を眺めた。

（平穏ね）

山を越えた向こうで争いが起こっているとは思えないほど、のどかだった。

ハバル国を囲うように連なる山々は、敵国の侵入を防ぐ天然の城壁の役目をも担っている。

侵入者を防ぐということは、越えることもまた困難であるということ。

（私にできる？）

山道を歩いたこともない足で、果たしてロクツァナ国まで戻れるだろうか。

アシュラフが心を尽くしてくれても、それはラシェルが望んだことではない。

(私の望みは、民が幸せになることだもの)

国へ戻ることがどれだけ危険なことかはわかっているつもりだ。

けれど、ラシェルは彼らと共にいなければならないのだ。

父は幸せであれと言ったけれど――。

(私の幸せはハバルにはないの)

◇◆◇

宮殿の中を見て回りたい。

ラシェルの願いを、侍女たちは快く聞き入れてくれた。

彼女たちは、突然アシュラフが連れてきたラシェルを歓迎してくれている。アシュラフ同様ラシェルに好意的だった。

(彼女たちの厚意を利用するのは心苦しいのだけれど、これも民のため)

アシュラフに国へ戻してほしいと願い出たところで、聞き入れてはもらえまい。それは、願いを一つ叶えるというあの言葉でも叶わないだろうとラシェルは思っていた。

正攻法が駄目なら、自力で逃げるしかない。

そのために、脱走できそうな場所を調べなければ。

宮殿内を見て回るのは、逃走経路を確認するためだった。

ラシェルは侍女に用意してもらったベルト付きの前合わせのドレスに着替えると、早速宮殿内を見て回った。

「ラシェル様、こちらはハバル国の美術品を集めたギャラリーになります」

後宮には図書室や衣装部屋、遊戯の間に劇場まで備わっている。かつて十人を超す側妃が暮らしていたというが、今は空き間となっていた。

歴代の王が王妃や側妃たちのために造ったという場所は、後宮と一言で括ってしまうにはあまりにも豪華だった。

「こちらは、後宮専用の庭園でございます。主にお子様の遊び場として使われておりまして水の中庭と呼ばれております」

「では、ディヤー様も遊ばれているのですね」

「はい。後宮ではこの場所を大変気に入っておいでございます」

侍女の説明に頷き、「少し見て回ってもいいかしら?」と問いかけた。

「もちろんでございますよ」

歩いていた回廊から、子どもたちの遊び場として作られた庭園へ出る。

庭の真ん中にある獅子の像が置かれた噴水からは、絶えず清らかな水が流れていて、十字を描く水路へ流れ出ている。

子どもたちの遊び場として設計されているからか、床は大理石ではなく芝生だ。ほどよい日陰を作り出す並木の木の葉が風にそよいでいる。

ラシェルは噴水の縁に座り、揺らめく水面を見つめた。

底に敷き詰められた瑠璃色のタイルが、陽光にきらきらと輝いている。

(美しいところね)

「この水はどこから引いているの?」

「ミャルマ連峰の水源からでございます」

「連峰から?」

黒髪の侍女の言葉に、ラシェルは思わず宮殿の背後にそびえる連峰を見遣った。

「はい。連峰の雪解け水が湖を作り、それをハバル国では水源の一つとして活用しております」

キトリーの講義で、よく似た話を聞いた。水が吹き上がっている高さが、水源と同じ水位なのだとか。

「すごいのね。でも、ハバル国中の水を賄《まかな》うのなら、相当量の水が必要なはず。それが連峰にあるというの?」

「連峰に降る雪のおかげでございます。街には民たちも使える大浴場があり、下水道も整備されております」

「まぁ、下水道まで！」

己の欲を満たすためだけに財を費やす祖国の王家の者たちに聞かせてやりたい話だ。

(でも、話したところで彼らの心には響かないでしょうね)

民の暮らしを潤すことが、国を豊かにすることへ繫がると知っていれば、ロクツァナ国は衰退の道を辿ることはなかった。

国を導く者の意識の差こそが、命運を分けたのだろう。

そのせいで、罪のない者たちが被害を被ってしまっている。

祖国を憂えるほど、心は悔恨《かいこん》を吸って重たくなった。

広がる庭園の美しさが目にしみる。

人工的な美しさでいえばロクツァナ国の方が華やかであったのに、ここの美は心を和ませる。どれだけ見ていても胸焼けのしない上品さがあった。

子どもたちが遊ぶことを想定して作られた空間は、至る所に日陰があり、ベンチが設けられている。きっと、歴代の王たちは、この休息所でお茶を飲みながら我が子の成長を眺めていたのだろう。

平和な国なのだ。

ラシェルは庭を散策しながらも、注意深く辺りを観察していた。

「使用人の姿が見えないようだけれど」

「後宮は王族にとって家族の憩いの場であるという陛下のお考えから、使用人の数も最低限でいいとおっしゃられ、現在は私どもを含め、調理長に庭師、リーン様方付きの侍女が三名となっております」

リーン親子の侍女が三人に対し、ラシェルには二人も侍女がつけられている。それだけでも、待遇のよさを感じずにはいられなかった。

「では、料理長が一人でそれだけの人数分の料理をしているの？　今朝の食事もとても美味しかったわ。ぜひお礼が言いたいのだけれど、案内してもらえるかしら？」

「ありがとうございます。料理長も喜ぶと思いますわ！」

茶色の髪をした侍女が弾んだ声を上げて、ラシェルを調理場へと案内した。

使用人たちが使う空間は、きらびやかさはないものの広々としていて、清潔に保たれている。調理場も一人で切り盛りするのが大変なほどの広さだ。勝手口の脇にはたくさんの籠《かご》が積まれてあり、直接外へ出られる造りになっていた。

「料理長がいませんね」

侍女の声に、もう一人の黒髪の侍女が「あそこでは？」と外を指さした。

外には男が二人、話をしながら幌《ほろ》馬車から木箱をいくつも降ろしている。蓋《ふた》のない木箱から覗いているのは葉野菜の先だ。

あの馬車は後宮に食材を届けに来ている業者のものだ。

服装からして、一人は後宮の料理長で、残る一人が業者だろう。

（上手くあれに乗ることができれば、宮殿から出られるかもしれない）

使用人が少ないことも、ラシェルにとっては都合がよかった。

「話の邪魔はできないわ。ご挨拶《あいさつ》はまたあとにしましょう」

「大丈夫です！　ラシェル様が会いたがっていると知れば、きっと飛んできますわ」

料理長に会いたいと言ったのは、使用人たちの働く場を見たかった口実に過ぎない。

「本当にいいのよ。それより、少し疲れたわ。どこかで休憩がしたいのだけれど、いい場所はあるかしら？」

意気込む侍女を宥め、それとなく話題を変えると、黒髪の侍女が「先ほどの中庭がよろしいかと思います」と言った。

願ってもない提案に、ラシェルは頷いた。

「では、そちらにしましょう。申し訳ないけれど、喉も少し渇いてしまったわ。お茶の準備もしてもらえるかしら」

「かしこまりました」

一人が調理場へ行き、もう一人がラシェルに付き従うと、「申し訳ないけれど、羽織るものを持ってきてくれる？」と同行を断った。

「大丈夫。来た道を戻るだけだから、迷うことはないもの」

不安そうな顔をした侍女を安心させるように頷いて見せると、「わかりました」と黒髪の侍女がラシェルの言葉に従った。

走っていく後ろ姿に、ラシェルは小声で「ごめんなさい」と詫《わ》びた。

ラシェルは周りに人がいないのを確認すると、ドレスの裾を持ち上げ回廊から外れて使用人専用通路へ向かった。

足音を忍ばせながら、できるだけ早足で馬車へと急ぐ。辺りを窺うも、人の気配はなくなっていた。馬車に近づくと、調理場の中で声がする。ラシェルの侍女と、料理長の男。それに、業者の男だ。

ラシェルは彼らに気づかれぬよう、そっと幌の中に入ると、ドレスを畳みながら一番奥へと身を潜《ひそ》めた。幸いにも木箱が積まれているおかげで、ラシェルを上手く隠してくれる。

しばらくすると、馬車に人が近づく気配がした。

（見つかるかしら――）

ひやひやしながら息を殺していたが、馬車はゆっくりと動き出した。

（よかった）

細く息を吐き出し、強ばっていた身体から力を抜いた。木箱にもたれかかり、薄暗い荷台の中を見つめる。

外に出られた後はどうしようか。

ロクツァナ国に行く馬車が見つかればいいが、クーデターが起こっていることを彼らが知っていたとしたら、まず近づくことはないだろう。ならば国境方面へ向かう馬車に乗せていってくれるよう頼むしかないだろう。

もし対価を求められたら、今のラシェルに差し出せるものはない。

手が髪留めに伸びる。

身につけているものは、すべてアシュラフが用意してくれたものであり、ラシェルの持ち物ではないからだ。

(でも、いざとなったらこれを使うしかないのよ)

後ろめたさはあるが、背に腹は代えられない。

しばらく走ったところで、ふいに外が騒がしくなった。

蹄の音が響き渡ると、馬車が急停車した。

(まさか、もう見つかった……?)

嫌な予感に、全身に緊張が走った次の瞬間。

荷台の幌がめくられ、薄暗い闇が一瞬で取り払われた。

「――ッ!」

眩しさに思わず手を翳《かざ》す。逆光の中に見えた人影に、ラシェルはひっ……と息を呑んだ。

全身から立ち上る怒気に身体が竦む。風に乱れる髪が、怒りに膨らむ獅子のたてがみに見えた。

「やってくれたな」

低い唸《うな》り声と共に乗り込んできたアシュラフは、牙をむいた猛獣のようだ。噛みついてきそうな迫力に、ラシェルは咄嗟に四肢を縮めて身を守った。

しかし、そんな抵抗も虚《むな》しく、伸びてきた腕が乱暴にラシェルを荷台から引きずり出した。

「や――っ」

肩に担ぎ上げられながら、太陽の下に晒《さら》される。馬車を取り囲んでいたのは、アシュラフを筆頭とした近衛隊だった。その数、およそ二十。

馬車の持ち主である業者の男は、荷台からラシェルが出てきたことに腰を抜かすほど驚いていた。

「な、何だっ⁉　どうして女が中に……」

泡を食ったような裏返った声で叫ぶ男を、アシュラフが一瞥《いちべつ》する。鋭い眼光をまともに受けた男は、その場で腰を抜かした。

「あとを頼む」

アシュラフが声をかけた兵の一人が、「はっ！」と頭を下げた。

「は、離してください！」

広い背中を拳で叩きながら叫ぶも、彼の歩みは止まらない。

一頭の青毛の馬に近づくと、ラシェルを先に乗せてからアシュラフも騎乗した。

「帰還する！」

号令と共に、近衛隊が馬の頭を宮殿へと向けた。


宮殿へ帰るや否や、ラシェルは今朝までいた部屋に連れ戻された。

「きゃっ」

ぞんざいに寝台へ投げ出された衝撃に悲鳴を上げると、アシュラフがすぐに覆い被さってきた。

「どこへ行くつもりだった」

「へ、……陛下に関係ありませんっ」

「私を満たせば、願いを一つ叶えてやると言っただろう。自由が欲しくば、そう言えばいい」

「では、今すぐ私をロクツァナ国へ帰してくださいっ！　そう言えば、陛下は叶えてくださいましたか!?」

キッと睨みつければ、孔雀の羽根模様をした瞳に苛立ちの光が灯《とも》った。

「まだそのようなことを申すか」

「聞き入れてくれないと知っているから、逃げたのです！」

間髪を容れず食ってかかると、「たわけ者が」と悪態をつかれた。

「戻ったところで、そなたにできることなどない」

「――っ、そのようなこと。言われずとも、わかっています！」

そう叫び、唇をわななかせた。

「でも、私は――っ、私はこの道しか選べなかったのっ。民を顧みない王家を前に、父の期待を背負った私に、他にどんなことができるというのですかっ。民たちだけが私を受け入れてくれたんです。ありがとうと、笑顔を向けてくれたの！　そんな彼らを助けたいと思って何がいけないの!?　何もできなくても、彼らと同じ苦しみを味わうことはできる！　綺麗な服も贅をこらした食事もなくていいっ。私は、私を認めてくれた人と共にありたい！」

ずっと抑え込んできたものが今、堰《せき》を切って溢れ出る。

相手がハバル国の王だろうと、この瞬間だけは関係なかった。耳障りな言葉ばかり言って不快な気持ちにさせて、一線を越えさせたのは、アシュラフなのだ。

「どうして使命を果たさせてくれなかったの……？　誰も逃がしてほしいなんて言ってないじゃないっ。お父様もあなたも、みんな勝手よ。私は道具かもしれないけど、人間なのっ。気持ちがあるの！　民に人生を捧げるのが私の生きる道だったのに！」

たった一晩過ごしただけで、彼はラシェルの何を知ったというのだろう。

自分の幸せなどなくていい。

その分、民たちには幸福であってほしい。そう願うことも無駄なことだったのだろうか。

政治の道具にされようとも、一人計画から外されようとも仕方がない。

でも、ラシェルが国を、民を思う気持ちだけは否定されたくなかった。

(私の生きる意義だったのです)

誰もそれが間違いだとは言わなかった。父もキトリーも、大人たちは自分の抱えるもので手一杯で、ラシェルのことにまで気を回す余裕などなかったのだろう。

だから、ラシェルは一人で考え大きくなるしかなかった。手探りしながら、ナルシス王太子の許嫁エルデー公爵令嬢ラシェル・フォートリエとしての生き方を確立させていかなければならなかったのだ。

悔しさをむき出しにしながら、強くアシュラフを睨んだ。

「私は国へ帰りたい。危険でもいいのですっ。命を落とすとしても――」

「ならぬと言っているだろう!!」

決意を打ち砕く怒声に、部屋中の空気が震えた。

「命を落とすだと？　そのようなこと私が許すとでも思うか。なぜわかろうとしない？　エルデー公爵がどんな思いでそなたを私に託したのか、深く考えはしなかったのか？　悲観したい気持ちもあるだろう。だが、大概《たいがい》にしておけ。独りよがりな考えに囚《とら》われるな、もっと広い視野で状況を見るのだ。エルデー公爵が王家の目を盗んで、そなたを逃がすのにどれだけの危険を冒したと思う。一つでも算段が違えば、公爵もろとも命はなかったのだぞ！　すべては、そなたを守るためだ」

はじめて聞く父の思いに、ラシェルは愕然とした。

「そ……んな」

手紙にしたためられた短文を、ラシェルは決別の言葉だと思った。

アシュラフに献上されたことで、自分は最後まで父の手駒だったのだと思い知らされた。

真実を尋ねる術がないなら、想像するしかない。

ラシェルは、聞かされた状況からそう思い至ったのだ。

でも、アシュラフが語った父の思いは、ラシェルが考えていたこととはまったく違っていた。

「私を守った……？」

「長年、苦労を強いてきた娘だからこそ、せめて異国の地では幸せになってほしい。あの手紙にもそう書かれてあっただろう」

本当にそうなのだろうか。

それこそ、アシュラフの都合のいい解釈ではないのか。

「では、なぜ私もロクツァナ国にとどまらせてくれなかったのです⁉　私だって、民のために――」

「私が許さん、今後ラシェルをロクツァナ国には関わらせない」

断言は、命令でもあった。

何も言えないでいると、鋭い目つきのまま「どうやって国へ戻るつもりだったのだ」と問われた。硬質な声音が、ラシェルを責めている。

「そ……れはっ、ロクツァナ国方面へ向かう業者に頼んで――」

「山を越えるつもりだったか？　とんだ世間知らずがいたものだ」

食い下がったラシェルの言葉を、アシュラフが冷酷な顔で一笑に付した。

「頼むだと？　ただで乗せてくれるような輩《やから》がいると思っているのか？　水も食料も金もないそなたはロクツァナ国に帰るどころか道中でならず者の慰み者にされ、捨て置かれるか、奴隷《どれい》市に売られるのが関の山だとなぜわからん！」

ひりつくような罵声《ばせい》が怖い。

アシュラフは目を細めると、冷たく言い放った。

「そなたから目を離した侍女は処罰する」

信じられない言葉に、ラシェルは息を呑んだ。

「お待ちください！　彼女たちに罪はありませんっ」

目をむき抗議すると、「たわけ」と吐き捨てられた。

「ラシェルを逃がしたことこそが重罪だ」

「そんな――、それはあまりにも横暴ですっ！　すべて私がいけなかったのです！」

自らの非を認めた直後、アシュラフの冷酷な視線に射貫《いぬ》かれた。

「私が横暴なら、そなたの行動は何だ？　自分の振る舞いが周りにどういう影響を及ぼすのか考えなかったのか？　そなたが死んでいたなら、私は侍女らと業者の男の首を刎《は》ねただろう」

恨み節にも似た声が放った最悪の仮説に、ラシェルはようやく自分の軽率さを知った。

侍女たちや業者の命を危険に晒すつもりなどなかった。

けれど、――何もわかっていなかったのも事実だ。

「わた……私はただっ」

知識はあっても、山を越えたことはない。業者たちと交渉したこともなく、賃金がいかほどかも知らない。すべての人間が善良であるとは限らないことも、頭では理解していたつもりでも、ラシェルはどこか甘く考えていた。自分の行動に大勢の人間の命がかかっていることもだ。

わからなかったわけではない。これでも妃教育を受けた身だ。

無意識に見て見ぬ振りをした。

自分のことしか考えていなかったことで、ラシェルは侍女たちの命を危険に晒してしまったのだ。

弱者を守ることがラシェルのすべきことのはずだったのに。祖国の民だけを思い、この国の者たちを蔑ろにしていた事実を突きつけられ、恥ずかしくなった。

(あ、あぁ……私は何という愚かなことをしたの)

「そなたが出向いたところで、どうやって民らに施しをするつもりだ。エルデー公爵がそなたを歓迎すると思うか?」

「……っ」

本音はどうであれ、ラシェルは体裁上ハバル国への献上品として差し出された身だ。出戻ったところで父は喜ばないだろう。

身も蓋もない言い様に、どんな反論も出てこなかった。

アシュラフは現実を突きつけ、徹底的にラシェルの覚悟を打ち砕こうとする。

なぜ、こんなにも心が痛むのだろう。

何が悲しいのかもわからない――。

「……ふ……ぅ、う……うぅ……っ」

顔を背けて声を詰まらせると、アシュラフが苦々しい顔つきになって身体を起こした。

「もういい」

そう言い捨てると、ラシェルを一人残して部屋を出ていく。

扉が閉まる音は、アシュラフの心が閉ざされた音にも聞こえた。

ラシェルは身体を丸めて、一人寝台の上で縮こまった。


泣けなくなったのは、いつからだったろう。

幼い頃は、悲しいときは泣き、嬉しいときは声を出して笑っていた。けれど、妃教育が始まり、感情を表に出すことは下品なことだと言われるようになった。

仮面のように微笑みを貼りつけることこそ、王族の正しい姿だと教え込まれ、いつしかラシェルは被った仮面を外すことができなくなった。

民には「聖女のよう」と言われてきたが、本当は泣き方も笑い方も忘れただけ。

（――でも、もうそんなこともしなくていいの）

心が空《から》っぽになると、こんなにも空虚《くうきょ》な気持ちになるのか。

ラシェルは、夕焼けに染まる部屋を見るともなく眺めていた。大きな寝台に波打つ絹の寝具を、見るともなく眺めていた。

いつだって心の底には負けてなるものかという意地があった。自分が国の衰退を止めなければと己を奮い立たせてきた。王族よりも誇り高くあり続けることが、ラシェルの矜持だった。

けれど、今はその気持ちすらなくなっていた。

涙は出ないくせに、喉は慟哭《どうこく》に焼けて痛い。

（涙ってどうやって出していたのかしら……）

誰もやってこない部屋は静かでいい。

自分はアシュラフからも見放されてしまったのだろう。

「お腹が空いちゃった……」

零れた呟きが、何とも暢気《のんき》でつい笑ってしまった。

（一人って、こんなにも静かなのね）

王宮にいたときも疎外感はあったが、目標がある分、気にならなかった。

ハバル国にラシェルの味方はいない。

（私、本当に一人ぼっちになったんだわ）

そんなふうに思う自分に失笑した。

（馬鹿ね。誰を味方だと思っていたの？）

ごろりと寝返りを打ち、ため息をついた。

（何も考えられない——。ううん、考えたくない）

頭がぼんやりとしているのは、現実に打ちのめされたからか。それとも、アシュラフの言葉に傷ついたからなのか。

あんなに心を配っていたロクツァナ国のことすら、今は案ずることもしたくなかった。

(だって、考えたって――何もできないもの)

どうして自分はこんなにも無力なのだろう。

じわりとまた喉の奥が熱くなった。苦しさに頬をゆがめる。

だが、今さら強がる理由なんてどこにもない。歯を食いしばり、笑顔でい続ける意味も失った。

ラシェルは自由になったのだ。

(――こんなものが自由？)

思い描く自由は、もっと解放感に溢れ、すがすがしいものだと思っていた。こんな縮こまった心でいるのなら、ロクツァナ国にいたときと何も変わらない。むしろ、あの頃の方がずっと有意義な時間を過ごせていた。

惨めさだけしかないのなら、自由などいらない。

もう一度寝返りを打ったときだった。

扉が開いて、アシュラフが姿を見せた。その手には軽食を乗せたトレイを持っている。今朝食べたのと同じラップサンドだ。

(何をしに来たの？)

息を殺して様子を窺っていると、アシュラフがサイドテーブルに持っていたトレイを置いて、寝台端に腰を下ろした。

咄嗟にラシェルは彼に背を向けた。

すると、大きな手がラシェルの髪を撫でた。

びくりと身体が震える。身を強ばらせても、彼は手を止めなかった。ゆっくりと規則的な動きでラシェルを慰める。

(私のことはもういいと見限ったのに、なぜ……)

側《そば》になど来てほしくない。

傷つけられた心が痛いと泣くも、伝わる手の温もりを振り払うことができなかった。

「話をしに来た」

落ち着いた声音には、憤りの影はなかった。

ラシェルは顔を枕に押し当て話したくないと態度で示す。無言の拒絶に、アシュラフが仕方なさそうに苦笑した。

「さっきは私も感情的になりすぎた。そなたを失うかもしれなかったことに自制が利かなくなっていたのだ。——許せ」

(謝ってくれた……?)

押し黙ったままでいると、「困った奴だな」と言われた。

少なくとも、アシュラフはラシェルより大人なのだろう。冷静さを取り戻した今、再び話し合いの席に着こうとしている。それに引き換え自分はどうだ。

気持ちの落とし所がわからなくて、拗《す》ねている。

せっかくアシュラフの方から歩み寄ってきてくれているのに、——まるで子どもではないか。

「——私のことなどもういいと、おっしゃったではありませんか」

口から出たのはなんとも可愛くない憎まれ口だった。

（あぁ、私の馬鹿）

気持ちを取り繕うなど、造作もないことなのに、アシュラフ相手だと上手く気持ちの制御ができない。

「話を切り上げたのは、あれ以上の話し合いは無理だと判断したからだ。あのように意固地になられたら、私の言葉など届かぬ。どうしていいかわからかん」

だから時間を置くしかないと判断したのだとか。

「今回の件は、そなたが罰を受けることで、他の者の罪は不問に付す。当面はこの部屋から外に出ることは禁止だ」

髪を撫でる手つきも、語りかけてくる口調も、言い渡された処分も甘い。

甘やかされていると感じるから、情けなさに唇を噛みしめた。

「――どうして、もっと怒らないのですか」

「ラシェル？」

のっそりと顔の向きを変え、アシュラフを見た。

「私は、あなたの大事な民を浅はかな行動で危険に晒したのですよ？　なのに、その罰が外出禁止だけなのですか？」

「ラシェル、そなたがロクツァナ国ですべきことは、もうない」

冷静な態度が、ラシェルを苛立たせる。哀《あわ》れみを浮かべた目が、いっそうラシェルを惨めにさせた。

悔しくて辛いのに、涙が零れてこない。

くしゃりと顔をゆがめると、「そなたは、泣けないのだな」と静かな声が告げた。

「二度とそなたを政治の道具になどさせない。俺が守ってやる」

父ですらラシェルを見放したのに、何の関係もないアシュラフの言葉をどうして信じられるというのだろう。

「必ず証明してみせる。――だからもう頑張らなくていい。聖女の仮面など捨ててしまえ」

「……っ、またそんな勝手なことっ」

それでも、まだ喉を焼く激情を涙に変えられないでいると、次の瞬間。アシュラフに抱きしめられた。

「や――っ、離して！」

アシュラフが抱きしめる腕に力を込めた。

「愛している。ラシェルが可愛くて仕方ないんだ」

ラシェルは腕の中で首を振り続けながら、その言葉を拒んだ。

「愛してる。歯を食いしばり強くあろうとする健気さも、聖女のような清らかさも気高さも、思い込みの激しさも、屈託のない笑顔も、全部が可愛くてたまらない。ラシェル以上に俺の心を昂ぶらせる者はこの世界にいない。そなただけだ。そなたしか欲しくない。俺の天使、ラシェルは俺のすべてだ」

嫌だ。離して。何も聞きたくない。

身をよじり、むずかっているのに、アシュラフの腕はびくともしない。幼子をあやす口調で、切々とラシェルへの想いを紡いでいる。

「可愛いラシェル。今までよく頑張った。よくやった。十分だ」

労をねぎらう声が雨のごとく降り注いでくると、乾いた心に一滴、また一滴と染み入った。

ゆるりと髪を撫でる手つきが、凝《こ》り固まった心をも一緒に解していく。

「可愛い、可愛い俺のラシェル。いい子だ……、そなたはいい子だ」

だから、もう泣いていいんだ。

伝わる想いを温かいと感じてしまえば、張り詰めていた糸がぷちんと切れた。

（私は――……っ）

「あ……あぁぁ、あ――あぁっ！」

堰き止められていた想いが、涙となって溢れ出た。

「そうだ。それでいい。もう何も我慢するな」

囁く声は、安堵《あんど》と慈愛に満ちていた。

一人だと感じたばかりなのに、もうアシュラフの存在にほっとしている。

洟《はな》を啜って、胸から顔を上げる。アシュラフの両手に頬を包まれ上向かされた。

涙でぐちゃぐちゃになった顔を見て、アシュラフが嬉しそうに笑った。

「み……ないで、ください」

「とても可愛いのにか？」

そう言うと、アシュラフが頬に口づけてきた。一度だけかと思えば、二度、三度と至る所に口づけられる。

「へ、陛下っ」

そのうち、舌で涙を拭《ふ》き取られる。その仕草が飼い主を慰める獣に似ている気がすれば、擽ったさに笑いがこみ上げてきた。

「く……ふふっ」

「こら、逃げるな」

「だ、だってっ。擽ったいんだものっ。や……ははっ！」

声を立てて笑うと、またぎゅうっとアシュラフに抱きしめられた。

「やっと笑ったな」

間近に迫った美貌を戸惑い顔で見返した。

「もっと笑ってくれ。ラシェル」

コツンと額を合わせたラシェルが、慈愛に満ちた声で告げた。

「そして、教えてくれ。好きなこと、興味のあること、苦手なこと」

すると、アシュラフが孔雀の羽根模様の目を熱っぽく潤ませた。

「あとはそうだな。気持ちいいこともだ」

囁く声に、官能を擽られる。途端に頰が熱くなった。

「な――っ、にを、おっしゃるのですかっ。気持ちいいことなど、私はっ」

「ほう？　ないと言うか。それはおかしいな」

そう言うと、アシュラフの手がさわりと臀部を撫でた。

「きゃあっ」

「いい反応だ」

「ラシェル。このハバルでそなた自身の幸せを探せ。心が望む生き方を見つけるんだ」

ふざけた口調から一転したアシュラフの真摯な言葉は、父が手紙にしたためた文句と同じだった。

（私自身の幸せ……？）

「そなたは十分国のために尽くした。この先の人生は自分のために使うべきなのだ。ラシェルの好きなことは何だ？　やりたいこと、やりたかったこと、何でもいい。心の思うまま行動してみろ」

そんなこと、急に言われても思い浮かばない。

「――私は……祖国を。ロクツァナ国の民を幸せにしたかったのです」

「それは他の者がする。そなたはもう誰の犠牲にも、道具にもなるな」

アシュラフが身体を倒し、耳に唇を寄せた。

「ラシェル、私の側にいろ。手に入れたからにはどこにも行かせない」

勝手な言い分に、ラシェルは緩く首を横に振った。

「陛下は私の嫌がることばかりなさるではありませんか。――お断りします」

「心に踏み込まずして、どうやって相手を知ることができる？」

「程度の問題なのです。もっと……こちらの気持ちも汲《く》んでくださらないと、――困ります」

「なぜ困る？」

会話を続けるほど、どんどんアシュラフの言葉が甘く柔らかくなっていく。楽しげにすら

聞こえるのは、気のせいではない。

「それは――」

言いよどみ、ラシェルは自分の胸に答えを探した。

「……なぜ、なのですか？　どうして私なの」

「私がラシェルを愛しているからだ」

「私のことをよく知りもしないくせに」

詰《なじ》る声に、「そうでもないさ」とアシュラフが小さく笑った。

「ラシェルが覚えていないだけだ」

「え？」

自分は何を忘れているというのか。

ゆるゆると顔をアシュラフに向けると、慈愛に満ちた表情があった。金色の髪が夕焼けに照らされ赤く燃えているみたいに綺麗だった。

「……もしかして、私たち以前にも会ったことがあるのですか？」

これほどの美貌なら、忘れるとは思えないのに。

目を瞬かせれば、アシュラフがそっと頬についた涙の痕を指の腹で拭《ぬぐ》った。

「悔しいから、教えない」

子どもじみた言い返しに、目が点になる。

「何、それ」

だから、ついラシェルも素の自分が出てしまった。ふっと吹き出すと、アシュラフが嬉しそうに笑った。

「かしこまった口調より、そちらの方がずっといい。私の前ではそうしていろ」

「無理です。あなたは陛下なのですよ？　それに、口調だけを言うなら、陛下だって同じではありませんか」

「むっ、そうか」

自身の矛盾に気づいたアシュラフが、眉間に皺を寄せ難しい顔になった。してやったりな表情をすれば、アシュラフが片眉を上げた。

「私をやり込めるとは、けしからんな」

そう言うなり、衣服の裾をたくし上げ、大きな手が脚を這い上がってくる。器用な手つきで下着を剝がされると、視界が勢いよく回転した。

「え……」

いつもは見上げる美貌を、今は見下ろしている。

「へい、か……」

アシュラフは自らの欲望を取り出すと、その上にラシェルを座らせた。衣服を乱すことなく、秘部だけをさらけ出した格好に、じわりと頬が火照《ほて》る。

股の間にある、脈打つ肉塊が熱い。

「あの……これ、は」

悠然と寝台に寝そべったアシュラフは、両腕を頭のところで組んだ。

「私は動かぬ。そなたが全部するんだ」

「そ……んな」

「教えてくれるのだろう？　そなたの気持ちいいことだ」

「――っ」

そんなこと言った覚えなどないのに、アシュラフの中では決定事項になっているのだろう。

恥辱に目尻を潤ませれば、「泣いてもこのままだ」と言われる。

「これも……罰なのですか？」

問いかけに、アシュラフは何も答えない。ただ、人を食ったような顔でラシェルを見ているだけだ。

（本当に動かないつもりなの？）

何もしていなくても、秘部が徐々に潤んできていた。アシュラフの欲望の味を覚えた場所は、もうそれが欲しいとひくつき始めている。

身じろぎすると、くち……と卑猥な音がした。

「んっ」

なんてはしたないのだろう。

覚悟を決めて、ゆるり、と腰を欲望に擦りつけた。たくましい胸板に手をついて、意識をそこに集中させる。目を閉じていなければ、到底晒せない痴態だった。

えらの張った部分が、媚肉に当たる刺激に、息を詰める。奥に潜む花芯に当たるたびに、じん……とむず痒さが下腹部を疼かせた。

「ん……は、あ……ぁ」

ぎこちなかった動きが、徐々に滑らかになっていくと、擦り合わせている屹立もラシェルが零す蜜で濡れた。

「あ……」

「どこが気持ちいい？」

「言えたら、一度だけ手伝ってやろう。そうだな、乳房を嚙《かじ》るのはどうだ」

「ん、ンっ」

すでにドレスの下で硬く凝《しこ》っていた尖頂を、アシュラフに含まれることを想像して、蜜穴がきゅうっと窄まった。

「それとも、指で中を擦ってやろうか。そなたが好きなところだ」

「や、ぁあっ」

アシュラフがこれみよがしに人差し指を舐めて見せる。あの長い指がラシェルの中をかき回すと、それだけで快感がはね上がるのだ。

「どれがいい？　乳房か、中か」

どちらも欲しい。けれど、そのためには恥ずかしいことを告白しなければならなかった。

（私の気持ちいい場所……）

雄々しい欲望で最奥まで満たされながら、雑《ま》ぜ返すような律動も好き。でも、乳房を舐められながら揉みしだかれるのも気持ちがいいのだ。

（でも……、今は――）

「へい、かと……口づけ、たい」

こんな遠い場所ではなく、もっと側に来てほしい。

求めると、孔雀の羽根模様の目が見開き、口端が上がった。喉仏が上下に動き、ごくりと息を呑んだ直後、荒々しい口づけに貪られた。アシュラフの上に倒れ込むように身体を密着させながら、肉厚な舌が口腔を蹂躙してくる。逃げ惑う舌を搦め捕られ、吸い上げられた。

「これが気持ちいいことか？」

口づけの合間に頷くと、「愛らしいことをっ」とアシュラフが声を詰まらせる。その体勢のまま、欲望が蜜穴へと押し入ってきた。

「ふ――ん、ん！」

ひと息で最奥まで満たされると、力強い律動がラシェルを揺さぶった。

はじめからいい場所を狙われ、ラシェルはびくびくと背中を跳ねさせながら快感に悶える。

「激しい……の、だめ……。すぐに……イってしまう、あぁぁ――っ！」

せり上がってくる絶頂感が、止める間もなくラシェルを襲った。

「――ッ」

背筋を走る悦楽に、上体が弓なりにしなる。きゅうとアシュラフのものを締めつけながら、過ぎる快楽に身を震わせた。

「あ、あぁ……」

四肢がおかしいくらい震えている。

とろりとした眼差しでアシュラフを見下ろせば、「腰に座って脚を開け」と短く命ぜられた。

「裾を持ち上げて、繋がっている場所を見せるんだ」

（あぁ、そんな……ことをしたら、全部見えてしまう）

どれだけ自分がいやらしくアシュラフのものを咥え込んでいるかまで、丸見えになってしまうのだ。

けれど、身体はアシュラフの言葉に従順だった。

のろのろと身体を起こし、言われたとおりに彼の上で股を開くと、ドレスを持ち上げてみせた。

アシュラフの茂みが、ラシェルの零した蜜でしっとりと濡れているところまで、すべて彼の目に晒してしまっている。もしかしたら、蠕動しひくついている蜜穴の動きまで、見られているのではないだろうか。

恥ずかしいのに、拒めない。

「へい……か……」

アシュラフの欲望は、まだまだ張ったまま。

「自分で食んでみろ。腰を上下に動かして呑み込むんだ」

「は……い」

羞恥に耐えながら、右手でスカートの裾を持ち、左手を後ろについて、おずおずと腰を上下に動かした。ぬちぬち、と動くたびに響く音にラシェルは歯を食いしばる。我慢しなければ、泣き出してしまいそうだった。

（あ、あぁ……。入ってくる。陛下のが……奥まで来る）

入れられるのと、自分で入れるのでは、何もかもが違う。身体の重みでずぶずぶと呑み込んでしまう感覚に、痛いくらい乳房の先が反応していた。

（どう……したらいいの。もどかしいの、に……）

でも、ラシェルの両手はすでに塞がってしまっている。

救いを求めて、アシュラフを見た。

「乳房が辛いのだろう？　ならば、服を口に咥えて、手を使えばいい」

あくまでもラシェルにさせようとする姿勢に、きゅっと目尻に力を込めて睨んだ。

(どうして……触ってくれない、の)

ゆらゆらと揺れる全身は、しっとりと汗ばみ始めている。脚を閉じかけると、アシュラフが手で膝を払うのだ。

服の裾を噛みながら腰のベルトを外すと、はらりと前合わせのドレスがはだけた。露になった乳房へゆっくりと右手を這わす。ぎゅっと掴んだ瞬間、鼻から吸った息が吐息となって零れ出た。

(気持ち……いい)

強要された体勢なのに、ラシェルはいつの間にか自ら望んで快感を求めていた。

アシュラフの見ている前で、無心で快楽を追い求める。

「あ、……ぁ、あ。へい、か……」

あの孔雀の羽根模様の目が自分の痴態を見ているのだと思えば、ますます身体は煽られた。

そんなアシュラフもまた、欲情に染まった美貌で食い入るようにラシェルを見ている。咥え込んだ欲望は、動くたびに粘膜が引きつれるくらい太くなっていた。

大胆になった腰つきが、透明な雫を撒き散らしている。それが彼の長い深紅の衣装に落ちて、点々と色濃くなっていた。

「はっ、あぁ、……あっ」

もっと、見て。——違う、見ないで。

理性と欲望が混濁する。吐精を誘《いざな》うように中が絡みつき、アシュラフの欲望を熱心に扱いていた。

見つめ合う視線が絡み合って——。

「アシュラフ……さま」

名前を呼んだ刹那、アシュラフが唸り声を上げて襲いかかってきた。腰を摑まれると、猛然と突き上げられる。息つく間もない律動に、ラシェルは歓喜の声を上げて喘いだ。

「すべて飲み干せ」

獰猛《どうもう》な声が囁いた直後、熱い飛沫が最奥に叩きつけられた。

「あ、あぁっ、い……く——っ‼」

ぎゅうっと彼の腕を摑む手に力を込めながら、ラシェルもまた悦楽へと飛んだ。


朝、起きたときにはアシュラフは政務に出かけていなかった。

顔を合わせないですんだことにほっとするも、冷たくなった寝具にほんの少しだけ寂しさも覚えた。

（だって、どんな顔をすればいいのかわからないもの）

アシュラフに抱かれるたびに、淫らになっていく自分を止められない。恥ずかしい言葉ではしたない行為をねだるなんて、本当にあれは自分なのだろうか。

まるで、ラシェルに別の誰かが乗り移ったみたいに、アシュラフを求めてしまう。

（どうして……）

「ラシェル様、おはようございます」

「あなたたち……っ」

そこへ入ってきた侍女たちの顔ぶれに、ラシェルは転げ落ちるように寝台から飛び降りた。二人に駆け寄り、頭の上から足先まで視線を這わして確認する。

「何も……されていませんかっ？」

震える声で問いかければ、侍女たちは顔を見合わせて、申し訳なさそうに首を横に振った。

「いいえ、このとおりでございます」

「あぁ、よかった――っ」

心から安堵の息を吐き出し、ラシェルはその場に膝をついた。

「このたびは私の軽率な行動のせいで、あなたたちが罰せられるところだったこと、心からお詫び申し上げます」

深々と頭を下げると、侍女たちは「ラ、ラシェル様っ⁉」と狼狽えた声を上げた。

「私たちのような者に頭を下げるなど、おやめくださいっ！」

「そうでございますっ。ラシェル様は陛下のご寵妃。謝罪などなさらないでください」

慌てふためく二人に、ラシェルはゆっくりと首を横に振った。

「いいえ。誰であろうと間違ったことをしたのなら、詫びるのは当然のことよ」

ラシェルの言い分に二人は困ったような、それでいて面《おも》はゆいような顔をする。

「こんな私にまた仕えなければならないのは、不満でしょうね。もし、配置替えを申し出られないのなら、私から陛下に――」

「い、いいえ！　そのようなことはありませんっ」

否定の言葉を被せてきたのは、茶色の髪をした侍女だ。

「私は、ラシェル様にお仕えできることを心から嬉しく思っています！」

「そうなの……？」

必死ささえ窺わせる声に気圧されると、もう一人の侍女が「そうでございます」と落ち着いた声音で言った。

「私たちは、ラシェル様にお仕えできる名誉を誰にも譲るつもりはございません。それに、ラシェル様が逃げ出したいと思う気持ちも僭越ながら理解できているつもりでいるのです。人は抑制されれば抗いたくなるもの。いきなり他国に連れてこられ、祖国はクーデターの最中だと聞かされれば、心配するのは当然のことです。陛下のご配慮が足りないのです」

「そ、そう……？」

口調こそ淡々としているが、黒髪の侍女の顔にはアシュラフへの静かな怒りが滲んでいる。

まさか、この国でラシェルのために怒ってくれる人ができるなんて思ってもみなかった。

「そうですよ！　陛下は女心をもっと勉強なさるべきですよね！　いくら大好きでも、順序というものがあるんです。それといきなり手込めにするとか、そういうところが獣っぽいというか」

「あら、獣の方がよほど相手を思いやってるわよ。求愛行為は雌が雄を受け入れてはじめて許されることだもの。それをラシェル様の了承もないまま昼夜問わずは獣以下ですね」

目の前で繰り広げられるアシュラフの愚痴大会に、ラシェルは目を丸くするしかなかった。

彼女たちはアシュラフを最高の王だと認める一方で、女としての不満をラシェルの代わりに代弁してくれているからだ。

（私は一人ではないの……？）

少なくとも、ラシェルのために怒ってくれる人がここに二人もいる。

（――嬉しい）

自分のことのように怒ってくれる侍女たちの姿に、胸が温かくなった。

今度こそ、間違えてはいけない。

「……ありがとう」

零れ出た感謝に、侍女たちがラシェルを見た。

「また私に仕えてくれて、……本当に嬉しいの」

「ラシェル様」

取り繕ったものではない、自然にこみ上げてきた笑みは、ほんの少しだけぎこちなかった。

「よければ、あなたたちの名前を教えてくれる？」

小首を傾げれば、侍女たちはつかの間呆《ほう》けたような顔をした。

（い、いけなかったかしら？）

何の反応もないことにおろおろすると、二人は揃って居住まいを正してラシェルに向き直った。

背の低い茶色の髪をした侍女がまず口を開いた。

「アーヤと申します」

その次に、黒髪の侍女が頭《こうべ》を垂れた。

「ムルディヤーナです」

「アーヤとムルディヤーナね。私はラシェル・フォートリエと申します。不慣れなこともあるけれど、どうぞよろしく」

一礼すると、二人はその場に平伏した。

「そんなことしないで」

自分はもう王太子の許嫁ではない。他国の公爵令嬢というだけだ。今はアシュラフと寝室を共にしているが、明確な身分を与えられているわけではないのだ。

二人の前に膝を折り、頭を上げるよう告げた。

「あなたたちとはいい関係を築いていきたいわ」

だからどうか、必要以上にかしこまらないでほしい。

「駄目かしら？」

首を傾げると、二人はお互いに顔を見合わせ嬉しそうに笑った。

「もったいないお言葉でございます！」

「なにとぞよろしくお願いします」

それぞれの反応に笑みを浮かべると、ラシェルのお腹がきゅうっと空腹を訴えた。

「あ……」

じわじわと頬が熱くなる。

（も、もう。私のお腹はいつもこうなんだから！）

ロクツァナ国の聖女も形無《かたな》しだ。

照れ隠しに咳払《せきばら》いをすると、アーヤたちが頬を綻ばせながら「朝食の準備をいたしましょう」と言った。

「……お願いできる？」

「かしこまりました」

なんて心の優しい人たちだろう。

ラシェルのせいで罰せられるところだったのに、彼女たちはラシェルに仕えることを僥倖《ぎょうこう》だと言ってくれた。

（大切にしよう）

二人がそれぞれに立ち上がって作業にかかる。

ラシェルは邪魔にならないよう窓側の出窓椅子に腰掛け、準備ができるまで外の景色を眺めていた。

雲一つない空高くで、鳥が飛んでいた。

この地は樹木が多いせいか空気が澄んでいる。高度が高いせいもあり、気温が高くても蒸し暑さを感じない。連峰から引いた潤沢な水と、清らかな空気。食料も豊富で、交易により世界中からさまざまな産物が入ってくる。

「ラシェル様、こちらをお使いください」

「これは？」

ムルディヤーナが差し出した布に目を瞬かせれば、「目元が赤くなっておりますので、冷やした方がよろしいかと思われます」と言われた。

昨日、泣き腫《は》らしたせいだろう。

（でも、それだけが理由ではない気もするのだけれど）

半分は、アシュラフに別の意味で泣かされたせいだ。

「ありがとう」

ムルディヤーナが持ってきてくれた布は手が痺れるほど冷たかった。

「ぬるくなりましたら、替えをお持ちいたしますのでお申しつけください」

「世話をかけます」

「ラシェル様、お食事はテーブルにご用意させていただきますね」

「嬉しいわ、ありがとう」

彼女たちの変わらぬ優しさが、心に染みる。それが二人の仕事だと言えばそれまでだが、笑顔でい続けることの大変さをラシェルは身をもって知っていた。

（私は、そんな人たちを蔑ろにしてしまったのね）

一度失った信頼を取り戻すのが難しくとも、やり直すことはできるはず。

誠実であることが、ラシェルが二人にできる唯一の償いだ。

じわりと滲んだ涙を、ひっそりと冷えた布で拭った。

「ラシェル様、ご準備が整いました。今朝はフレンチトーストをご用意させていただきました」

アーヤの明るい声は、沈んだ心をすくい上げてくれるようだ。

「まぁ！　私、大好きよ」

テラスに用意されたテーブルの上には、たっぷりとクリームがかかったフレンチトースト。綺麗に飾り切りされた果物と、濃厚な果汁ジュースが美味しそうだ。

「今日はハバル料理ではないのね」

「はい。陛下がロクツァナ国風にするようにと。そちらの方がラシェル様の食も進むのではないかとおっしゃられまして、このような形式にさせていただきました」

「私、昨日はそんなに食べてなかった？」

「陛下と比べれば、誰でも小食です」

昨日の料理の量を思い浮かべて、ラシェルは曖昧《あいまい》に頷いた。

あれは、もてなしの意味もあったのだろうが、アシュラフの胃袋を考えての品数でもあったということだ。見た目を裏切る大食漢であることに、ラシェルは笑みを浮かべる。

「では昨日は物足りなかったでしょうね」

「政務室で追加の軽食を食べておられましたが、ラシェル様に食べさせてもらったのと味が違うと嘆いていたそうです」

「違うものだったの？」

問いかけに、ムルディヤーナは「いいえ」と首を横に振った。

「同じものです。ラシェル様に食べさせてもらえないことで拗ねられたのでしょう」

「まぁ、呆れた」

そんなことで、せっかくの料理に不満を言うなんて。

「陛下のことはさておき、ラシェル様も召し上がってください！　料理長が腕によりをかけて作ったフレンチトーストは美味しいですよ。口に入れた瞬間、バターと卵の風味がじゅわっと広がり、クリームのほどよい甘さと混じり合うと本当に幸せな気持ちになるんです！」

アーヤの解説は、聞いているだけでまたお腹が鳴りそうだ。

いそいそと席に着き、神に祈りを捧げてから、ナイフとフォークに手を伸ばす。一口分に切り分けたものを口に放り込んだ瞬間、その美味しさに手が止まってしまった。

（ん――っ、美味しい）

アーヤの言葉を借りるなら、一口頬張るたびに幸せが口の中に広がっていく。

ミルクと卵がしっかりと染み込んだパンの、なんと柔らかく甘いことか。噛む前に舌の上で溶けてしまう。

「いかがですか？　お口に合いましたでしょうか？」

アーヤの問いかけに、ラシェルは何度も首を縦に振った。

「素晴らしいわ！　とっても美味しい。料理長の腕は世界一ね。祖国でもこれほど美味しいフレンチトーストは食べたことがないわ」

「料理長が泣いて喜びますよ！」

大喜びするアーヤを見ていると、ラシェルも嬉しくなってくる。すると、ムルディヤーナが小声で「後宮の料理長は、アーヤの父親なのです」と伝えてきた。

「そうだったの？」

昨日、宮殿を案内していたときは、そんなことは言っていなかった。

ならば、ラシェルはアーヤ親子に迷惑をかけたことになる。すぅっと顔から血の気が引いていくのがわかった。急いで両手を膝の上に置いて、頭を下げた。

「あの……、本当にごめんなさい。料理長にも業者の方にも謝りたいわ」

青い顔になりながら詫びると、アーヤの方が血相を変えた。

「ラシェル様っ、やめてください！　本当に私たち気にしていませんっ」

胸の前で手を振る様子に、ただただ申し訳なさが募った。

彼女たちが自分に親切であるほど、自分の愚かさを痛感する。また涙が溢れてきた。

「ラシェル様」

呼びかける声が随分と近い場所から聞こえることに顔を上げれば、アーヤたちがラシェルの横で跪《ひざまず》いていた。

「私たちのことでお心を痛めるのはやめてください。ラシェル様を泣かせたと陛下に知られれば、今度こそ罰せられてしまいます」

「まさか、そんな」

大げさだと苦笑すれば、「笑い事ではございませんよ」と真面目な顔をしたアーヤに窘《たしな》められた。

「陛下はもうずっと、ラシェル様をこの宮殿へ呼び寄せることを心待ちにしておられたのです。私の父がロクツァナ国の料理を作れるのも、陛下たっての希望でもあったからです」

「陛下の？　それは私の父との密約があったからではなくて？」

「いいえ。愛していらっしゃるからです」

アシュラフの想いを断言するアーヤの声は、力強かった。

(陛下が私を愛している？)

思い返せば、幾度となく愛の言葉に近いことを言われていた。

妻になれ、側にいろ、手放しはしない。

告げられた言葉はハバル国で超えた夜の数より多い。

政治の道具としてではなく、ラシェル・フォートリエとして見てくれた人は、アシュラフがはじめてだった。

側にいなくとも、彼の心遣いは感じる。テーブルに並べられているロクツァナ国風の朝食にしてもそうだ。なのに、彼はラシェルを「我が姫」と呼ぶ。

そもそも、ロクツァナ国がハバル国の支配下に置かれることが決定しているのなら、ラシェルの利用価値は最初から無に等しい。

彼の心を推し量れるものが何もないから、与えられるものの価値を見定めることができない。

(愛とは何なの?)

思えば、ラシェルの人生は愛とは無縁のものだった。

ナルシスとの婚約は、彼が望んだことだと父から聞かされていたのに、当の本人はラシェルに何の興味も示そうとはしなかった。

でも、それはお互い様。

『ラシェル、行ってくれるな』

王家が口うるさい公爵家を丸め込もうとしているのを知っていようとも、貴族令嬢は家のために人生を決めるのだ。

嫁ぎ先が貴族であろうと王家であろうとも、政に利用されるという点では大差ないことでもあった。

『はい、お父様』

王家に国民を導く力はないのなら、誰かが変えていくしかない。

この腐敗した王家に風穴を空けるきっかけを作ることこそ、ラシェルの使命だとすら思っていた。

けれど、アシュラフに言わせれば、それはラシェルのすべきことではないのだとか。

それよりも、ラシェル自身の幸せを見つけろと言う。

(難しいことをおっしゃらないで)

信じて進んできた道が間違いだと閉ざされても、すぐに別の道が見つかるわけではない。

今、ロクツァナ国が求めているのは、アシュラフのような強力で圧倒的な存在感を持つ指導者だ。

希望を失った民を奮い立たせ、もう一度明日への一歩を踏み出させることができる者。

そんなこと、ラシェルには——できない。

(では、私は何をすればいいの?)

使命を奪われた心は、すっかり迷子になっている。

アシュラフは側にいろと言うが、ハバル国でいったい何をしろと言うのだろう。

この国はロクツァナ国とは比べものにならないほど豊かだ。宮殿にいるからこその贅沢を味わっていることもあるが、大国であり続けることは民の暮らしが安定していなければ、なし得ない。

そんな場所で、ラシェルにできることなどあるのだろうか。

改めて、ラシェルは辺りを見渡した。

自分を気遣ってくれる優しい侍女たち、明日に不安を感じることのない快適な環境。

せめて、新たな可能性に目を向けるきっかけがあれば、希望も持てるのかもしれないが、ラシェルは昨日、外出禁止を言い渡されたばかりだ。

自然と視線が窓の外を向いた。

「いかがなされましたか？」

ぼんやりと考え込んでしまったことに、アーヤが怪訝な顔をした。

「いいえ、何でもないの。このフレンチトーストは、本当に美味しいわね」

甘すぎる処分の意味を、ラシェルは噛みしめなければならない立場にあるのに、外に出てみたいなど言えるわけがなかった。


朝食の後、二人に手伝われながら身体を洗い、身支度を整えた。ハバル国の衣装は、コルセットで身体を締めつけたりしない分、着心地がいい。

ラシェルは出窓椅子に座り、部屋の掃除を始めた二人の姿を見守っていた。ロクツァナ国にいたときなら、庭に出て散歩でもしていたのだろう。今はわがままを言える立場にない。

あまりにも暇そうにしていたのだろう。

ムルディヤーナが「何か書物などをお持ちいたしましょうか？」と言った。

「本か……。そうね、お願いできる？　でも、掃除が終わってからでいいわ」

「かしこまりました」

掃除が終盤にさしかかると、ムルディヤーナが部屋を出ていく。しばらくすると、彼女は手ぶらで戻ってきた。

「こちらに運んでください」

だが、開いた扉から現れたのは、視界を遮るほどうずたかく積まれた書物の山を抱えた侍女たちだ。

彼女たちは、本を部屋の一角に次々と置いていく。

その数、ざっと目算しただけでも三十はあった。

「ムルディヤーナ、これはいったい」

「ラシェル様がどのようなものをお好みになられるかわかりませんでしたので、僭越ながらこちらで選定させていただきました」

「え、ええ。それはかまわないけれど……、少し多くないかしら？」

せいぜい十冊までだろう。

大胆な行動は、神経質そうな見た目からは想像できない。

「ラシェル様が退屈なさらないようにという、陛下のお心遣いだと思いますわ」

「陛下からの？」

またしてもアシュラフからだと言われ、目が点になった。

「でも、私。陛下に本が好きだなんて一言も言っていないわ」

「お嫌いでしたか？」

アーヤの声に、ラシェルは慌てて首を横に振った。

むしろ、本は大好きだ。

王宮から出ることのできなかったラシェルにとって、文字だけで世界のさまざまなことを知れる本は、唯一の娯楽だったからだ。

山積みにされた本に近づき、手近にある一冊を取った。

伝記に史実。物語に図鑑。

書庫から手当たり次第運んできたと言っても過言ではないそれらに、滲み笑いが浮かぶ。

（どれが好きかわからないから、とりあえず持ってきたと言わんばかりね）

でも、案外そのとおりなのかもしれない。

（私が退屈していると思っているのかしら？）

外出禁止を言い渡したのはアシュラフなのに、大げさな彼の優しさが擽ったい。

ラシェルが手にしたのは、ハバル国の史実だ。

焦《こ》げ茶色の豪華な装丁がされた表紙を手で撫でて、最初の一ページをめくった。

（金色の獅子？）

内開きに刻印された金獅子の雄々しい姿が目に留まる。

早速、書かれている文章を目で追い始めた。

灯《あか》りが欲しくて、出窓椅子へと移動する。半分まで読み終えた辺りで、今度は太陽の光では薄暗く感じるようになった。

「ラシェル様、そちらは身体が冷えてしまいます。どうぞ、こちらへお越しください」

ムルディヤーナが用意したソファへと移動する間も本から目が離せない。

灯された灯りが部屋を明るくして間もなく、「熱心だな」とすぐ近くから声がした。

顔を上げると、アシュラフが立っていた。

「侍女たちから、そなたが本に夢中になっていると聞いてな。気に入ってくれたようだな」

腰に手を当て、ラシェルを見下ろしている表情は満足そうだ。

「陛下？　ご政務中では」

「何だ、時間も忘れていたのか。もう終わっている」

見てみろ、と首を傾げて窓の外へと視線を促される。

本当だ。明るかった空が群青色に染まり、銀色の星が瞬いているではないか。

「あ……、私ったら」

夢中になりすぎていたことに顔を赤くすると、「何を読んでいるのだ？」とアシュラフが隣に腰を下ろした。

「ハバル国の史実か。だが、これは古代ハバル語で書かれているものだ。そなた、読めるのか？」

「はい。これもキトリー先生のおかげです。公の場では通訳を介することがよいとされていますが、親交を深めたいのならやはりその国の言葉を知るのが一番だと、さまざまな国の言語を教えてくださいました」

「ほう、ちなみに何ヶ国語を理解してるのだ？」

「五カ国です。会話だけなら七ヶ国なのですが」

「それほどか！　――優秀だな」

「大したことではありません。語学の学習は好きでしたもの」

驚きを露にする様子に微苦笑を浮かべると、「それで。史実は面白かったか？」と問われた。

「はい。大変興味深いものでした。神獣が作りし国を治める王族には、神の血が流れている。壮大でロマンチックで、歴史に思いを馳せずにはいられません」

アシュラフの仕草がどことなく獣じみているのも、血がそうさせるのだろうか。

「今、そなたが思っていることを当ててやろうか」

にやりとほくそ笑んだアシュラフが、「私は獅子のようだろう？」と告げた。

図星を指されて顔を赤くすれば、「よく言われるからな」と得意げに嘯いた。

当たり前のようにラシェルに腕を回し寛ぐと、顔を寄せてくる。豊かな髪が頬に当たって擽ったい。

「我が国にとって獅子は神聖なものであり、我が一族には獅子の風貌を持つ者が生まれるのだ」

「では、お兄様もそうだったのですか？」

「いや、兄上は母上の面影を持っていた。物静かで体つきも細く病弱な方だったが、頭は恐ろしいほど切れた。私は兄上だけは怒らせてはいけないと固く誓っていたのだ」

「まぁ……私も兄がおりますのよ。早くに王宮へ召し上げられたことであまり思い出らしいものはありませんが」

最後に会ったときは、結婚をすると言っていた。

(今頃、どうしていらっしゃるかしら)

息災であってほしいと願わずにはいられない。

「祖国が恋しいか」

答えなどわかりきっているだろうに、意地の悪いことを聞いてくる。

「さぁ……、どうでしょう？」

だから、ラシェルは曖昧に返した。

「たくさんの書物をありがとうございます」

話題を変えたことで、触れられたくないのだと匂わせた。そんな心境を察したのか、アシュラフが小さく笑った。巻きついている腕が、さわさわと腹の部分を撫でてくる。

「陛下の手は少しもじっとしていられないのですね」

「気にするな」

まるで尻尾のようだと言えば、怒るだろうか。

史実を読んだからだろうか。大きな身体で懐いてくる様子も、いよいよ実は彼が獣なのではないかと思えてくる。

「そなたなら、本が好きだろうと思っただけだ。書庫には溢れるほどあるから、気になるものがあれば侍女たちに申しつけよ」

「ありがとうございます」

不遜な言い方だが、彼はこの部屋では自由を与えてくれている。

行動の制限こそあるものの、ラシェルは恵まれていると言わざるを得ない。

ちらりと視線を流したアシュラフの瞳が、一瞬いたずらっぽく煌《きら》めいた。

「私が獅子なら、そなたは猫だな」

また唐突なことを言い出す。

「なぜ私が猫なのですか」

聞き返すと、「当たっているだろう」とさも当然のように言われる。

「新しい環境に怯え、全身の毛を逆立て、逃げ出そうとする姿など猫そっくりではないか。今も爪を立てないでいるだけで、私を信頼してはいないだろう?」

「そのようなこと」

「この私に媚《こ》びを売らない女は、そなたくらいだ」

顎を撫る手を、やめてと押しやった。

「でしたら、愛らしく甘えてくれる方々のもとへ行かれたらいいのです」

「つれないところも愛《う》いな」

「え――、きゃっ」

そのまま、ソファに押し倒された。

眼前に迫力の美貌が迫ってくる。

「ラシェル、夜になった」

「――そのようでございますね」

両脚を開かされ、秘部に擦りつけられる熱塊は、欲情に漲っている。

ドレスのベルトを外され、前合わせになった胸元をはだけさせられれば、たわわな乳房が露になった。

アシュラフがそれを両手で掬い上げ、うっとりとした吐息を零す。

「またそなたに会いたかった」

満足げな声は、変態じみている。恋しかったのはラシェルか、それともこの膨らみか。

アシュラフの両手の親指が、乳房の尖頂をさわりと撫でた。

「ん……っ」

「今宵もいい感度だ」

愉悦を滲ませた声で囁くと、取り出した雄々しい欲望を乳房の間へ潜り込ませた。

「へ、陛下っ、いったい何を――」

目を白黒させるも、アシュラフがにやりと口端を上げた。

「男のロマンだ。しばし、つき合え」

「やぁ、あんっ」

そう言うなり、乳房の間を巨根が抜き差ししてきた。亀頭の先端から滲んだ透明な蜜が動くたびに乳房の間に塗り込まれていく。それが潤滑油となり、いっそう腰の動きは滑らかになっていった。

顔のすぐ側で男の欲望が粘り気のあるものを溢れさせながら、蠢いている。

その光景に愕然としながらも、ラシェルは彼の破廉恥極まりない行為を止めることができないでいた。

なぜなら、欲情した孔雀の羽根模様の瞳と、生々しい行為にラシェル自身も興奮し始めていたからだ。くち、くち……と胸の間で立つ卑猥な音に息が上がる。

こんなこと許しては駄目だと頭の片隅で思いながらも、アシュラフに促されるまま、ラシェルは両手で乳房を支え、彼の欲望を挟んでいた。自然と手が愛撫するような手付きになると、アシュラフが苦しげに眉を寄せた。

(気持ちがいいんだわ……)

普段は不遜な美貌がラシェルに欲情し、目尻を赤らめている。そのことがひどく嬉しくて、言いようのない優越感があった。

もっと、いろんな顔を見てみたい。

そのためには何をすればいいのだろう。

乳房の尖頂は痛いくらい硬く凝っている。ラシェルの手に余るほどの乳房の間から覗く亀頭に顔を寄せたのは、ほんの出来心だった。

「――っ」

舌先で舐め取った透明な蜜は、独特の味がした。

二度目ということもあり、嫌悪感はない。

自分でもなぜこんなことができてしまうのか、不思議だった。説明がつかない状況をあえて表現するのなら、欲に溺れた、だ。

乳房で欲望の竿を扱きながら、先端を口に含む。亀頭だけを舌でしゃぶっていると、唐突に額を手で押しのけられた。

「あ――んっ」

「いたずらな猫め」

唸るような声音でそう発したアシュラフの目は、獰猛な光を宿していた。

「そんなに欲しいのなら、くれてやる。——来い」

そう言うなり片腕を引かれ、上体を起こされた。アシュラフの膝に乗り上げる格好にさせられると、そそり立つ屹立がひたり……と蜜穴にあてがわれた。ひくつくそこが、先端に吸いつく。

「躾《しつけ》が必要だな」

「な——っ、あぁ……ん、んぁ」

めりめりと音を立てながら、身体の真ん中に怒張した欲望が入ってくる。剛直が生む圧迫感にラシェルは咄嗟に彼の肩に手を置き、上体を支えた。肌に彼の茂みの感触が触れると、すぐに突き上げてくる腰遣いに身体が上下に揺さぶられ始めた。

「あ……っあ、ん、ん……ぁあ！」

「発情した猫みたいに鳴く。そんなに私のものは美味いか？」

最奥までやすやすと届く長大さに慄《おのの》きながらも、亀頭のくびれが蜜道の粘膜を端から端まで擦る刺激が気持ちいい。ラシェルの身体が揺れるたびに、肌が触れ合う音が響いた。

奥を穿たれる刺激と、感じるところに先端が当たるたびに、皮膚の内側をざわざわとしたものが這っていた。

（気持ち……い、い——）

なのに、何かが違う。

この身はすでに悦楽がどんなものかを知ってしまっている。煮詰まらない劣情が身体の中で渦巻いて苦しかった。

「はぁ、あ……ん、んぁ、あっ、い……や、やぁ……っ」

「いい、だろう？　ラシェル、中はどんなふうになっている？」

またはしたない言葉を言わせるつもりなのだ。

「だ……め、言い……ま、せんっ」

「蜜が染み出る襞が、私のものに吸いつき、扱いてくる。奥は一段と切なそうに懐くではないか」

わざと緩慢に動く腰つきが悩ましい。

「ふぅ……、は……ぁ」

「どうしてほしい、ラシェル。このままずっと奥ばかりを突いてみようか。それとも、浅いところを擦られたいか？」

「あ……いっ、い……」

想像するだけで、どちらも興奮する。

でも、今もっとも欲しい刺激は、激しさだ。

わけがわからなくなるような、間断なく続く深い律動がいい。奥も浅い場所も両方満たしてほしかった。

でも、そんなこと言えるわけがない。

抱かれるたびに淫らになっていく自分を知られたくなかった。

「言いたい言葉があるだろう?」

図星を指されても、ラシェルは首を振ってそれを否定した。

「奥も入り口も、余すところなく擦ってと言わぬのか?」

試すような口ぶりに、またラシェルは首を振った。その直後、アシュラフの欲望が不意打ちで奥を強く穿った。

「はぁ――っ! あ、あ……」

「この快感が欲しいだろう?」

ゆっくりと欲望を引き抜き、また深い場所まで戻っていった。そのたびに、鮮烈な刺激が全身に駆け巡った。

「やめ……や、あぁ……っ」

「ラシェル、おねだりは? 何が欲しい?」

言えない。

でも、言わなければずっとこのままにも思えた。

アシュラフはラシェルの感じているもどかしさをわかっている。知っていて、わざと生ぬるい快感しか与えてこないのだ。

（そんな――、でも……っ）

潤んだ目で恨めしげにアシュラフを見た。

憎らしいのに、助けてほしい。

アシュラフが見せつけるように、自分の下唇を舐めた。その艶《なま》めかしさに、きゅうっと彼のものを締めつけてしまう。

自分でも中が痙攣しているのを感じる。

「ラシェル……」

「あ……ぁっ！」

欲情に塗れた熱っぽい声で名前を呼ばれた刹那、じん……とした切なさが、背筋を走った。

限界だった。

「――て、私のいい……ところ、全部突いて……っ」

肩に置いた手に力を込めた直後だ。

「あ、あぁ――っ!!」

一息に最奥を穿たれた鮮烈な刺激に、一瞬目の前が白んだ。腰に手を添え、アシュラフが躊躇なくラシェルを突き上げてくる。溢れた蜜が抜いては入る欲望と共にかき出され、彼の着衣を濡らしていった。

「い、い……っ、へい……か……っ、気持ち……いぃッ！」

「あぁ、感じてる。中が……求めてくるぞ」

快感を求める腰が、無意識に上下に揺れる。自らも腰を動かすことで、より深く濃厚な悦楽を欲していた。

ツンと尖った乳房の尖頂をアシュラフが鼻先で擽る。

そんな些細な刺激すら、ラシェルは歓喜の悦びに感じた。

「ふぁ……っ、あんっ、あん」

律動に合わせて嬌声が漏れる。

「陛下……へい、か……」

「アシュラフだ」

上ずった声での催促に、ラシェルは素直に「アシュラフ……様」と応えた。

絶頂への階段を駆け上らされ、飛び込んでもまた追い上げられる。気持ちいい場所を執拗に穿たれることで、ラシェルは何度も意識を飛ばしかけていた。

「ひぃ――っ、や……っあ、あッ！」

彼の首に夢中ですがりつき、それでも腰を振るのだけは止められない。はしたない痴態を晒しながらも、ラシェルはアシュラフのくれる快感に夢中だった。

アシュラフに開かれた身体が、解放されることを望んでいる。

こんなものを覚えたら、聖女と呼ばれていた自分には戻れない。

「ラシェル、ラシェル……っ」

アシュラフの声もまた欲情に濡れていた。いつの間にか放たれていた精が、中でかき混ぜられ蜜穴から零れている。

「ラシェル、早く私を好きになれ」

耳元で囁かれた懇願に、ラシェルは咥え込んだものを締めつけることで答える。

いやらしい水音と、ラシェルの甘えた嬌声がいつまでも部屋に響いていた。

【第二章：獅子王の寵愛】

ラシェルがハバル国へ来て、十日ほどが経った。

今日は雑技団が中庭で芸を披露している。先王の寵妃《ちょうき》リーンの息子ディヤーのために、アシュラフが呼び寄せたのだとか。

中庭の様子は、ラシェルの部屋からも見ることができた。

幾重にも敷かれた絨毯の上で小さな男の子が雑技団の演技に大はしゃぎしている。その隣には黒髪が美しい皇族の衣装を着た女性と、侍女が一人。

（あの子がディヤー様）

遠目からだが、快活そうだ。

「陛下はよくこのような催しをされているの？」

問いかけに、お茶を持ってきたアーヤが「はい」と答えた。

「幼いディヤー様が寂《さび》しくならないようにとのことでございます。特に生母であられるリーン様が先王亡き後から塞ぎ込みがちでございます。あちらの雑技団はリーン様がいらっしゃった団でもあるのです。それはそれは美しい踊り子だったとか」

「そうだったの？」

ディヤーに王位継承の権利がないのは、母親の身分が低いからだとは聞いていたが、踊り子だったのか。

「はい。宮廷に招かれ演舞を披露した際、先王に見初《みそ》められご寵愛《ちょうあい》を賜《たまわ》るようになられました」

「そうだったの」

丁度、今ラシェルが読んでいる本の物語みたいだ。

(踊り子と国王が結んだ愛か)

ラシェルは改めて、リーンを見た。

「正妃様はお亡くなりになっていらっしゃるのなら、リーン様が公の場に出られていたの？」

「いいえ、先王はリーン様に政治的なことをお求めになることはありませんでした。リーン様は後宮で先王に愛されて過ごすことに満足されていたようでございます」

塞ぎ込んでいるのは、愛した人を失った悲しみからだろう。

公の場に出ていないのなら、外部との繋がりはないに等しい。ならば今後、よほどの強い後ろ盾ができない限り、ディヤーが王座に就くことはないということだ。

二人を見ていると、アシュラフが後宮に留め置いている気持ちもわかる。

あんなに危なげな様子では、すぐにでも野心ある者につけ入られてしまうだろう。

「陛下はお優しい方なのね」

豪胆で不遜な彼ではあるが、その根底には優しさが敷き詰められている。

「王座に就かれる以前からも、その気さくさと親しみやすさから民に慕われておいでです。病弱な先王の目となり足となり、国内外を巡っておられました」

「流行病《はやりやまい》の特効薬も陛下が遊牧民から譲り受けたのよね」

先日聞いたアシュラフの武勇伝を口にすると、アーヤは「はい！」と目を輝かせた。

「そのこともあり、民はアシュラフ王こそ神獣の化身だと敬愛しているのです」

民がアシュラフを慕う理由は十分だ。

厄災《やくさい》から自分たちを守ってくれた王が、国を創世した神獣の末裔《まつえい》であり、その姿は獅子を彷彿とさせるなら、民たちが慕い敬うのも当然だった。

けれど、神獣の末裔だから、風貌が獣じみているからというだけでは、民の心は摑めない。

アシュラフが見せた奇跡や希望に彼らは魅せられ、彼を王と呼ぶのだ。

「ハバル国の首都はどんな街なの？」

見ることはできないが、話だけでも聞いてみたい。

アシュラフの治める国の様子が知りたかった。

「とても活気のある街でございますよ。中心部の路地にひしめくさまざまな店には、溢《あふ》れんばかりに商品が並んでいます。生鮮品に、乾物、日用品、衣類、行商たちの出店もたくさんございますから、あそこで揃わないものはないと言われるほどです。ハバル国は陸路の中継地点でもあります。連峰を行く行商たちは、必ずこの国で食料を調達しますので、各国からの工芸品も数多く取り揃えられているのです。陛下は自国産業にも力を入れておられ、金細工をはじめとする職人育成や、新しい工芸品として色硝子《ガラス》を使ったランプを作らせたりもしています」

「色硝子のランプ？」

ラシェルがロクツァナ国で使っていたものは、シェードが布や硝子のものがほとんどだ。

「それはもう見事なものなのですよ！　夜になると商店街を彩る光彩の美しさは幻想的で、夢のような気分を味わわせてくれるのです」

聞くだけでも心が騒ぐ。

叶うなら、ひと目見てみたいものだ。

ラシェルはその日、侍女たちと街の話で盛り上がって過ごした。

アシュラフは昼夜を問わず、ラシェルのもとを訪れるようになった。

外に出ていない日は、たいがい昼食はラシェルの部屋でとり、それ以外にも政務の合間を縫って顔を見に来る。そのたびに、ラシェルを抱き寄せ、温もりを確かめながら嬉しそうに顔をすり寄せる様は、人の姿は仮の姿なのではないかと思うほど獣じみていた。

「ラシェル、今日は珍しいものが手に入った」

そう言っては、アシュラフはよく贈り物を持ってくる。それは、赤子の拳《こぶし》ほどある宝石や、精巧で緻密な彫刻、他国から贈呈された絹とさまざまだ。

ハバル国では各国の工芸品が手に入るのは聞いているが、何事にも限度というものがある。見てみたいと思っていた色硝子のランプもすでに三つもあるのだ。

「陛下はこの部屋を何になさるおつもりなのですか？」

今日もまたアシュラフが嬉しそうにビロード地の平たい箱を持ってきたところを、たまりかねたラシェルが窘《たしな》めていた。

一度は、呼び名を改めたラシェルだが、翌朝には「陛下」に戻した。アシュラフは不満そうだったが、閨《ねや》での自分を思い出してしまいそうで駄目だった。

「そなたとの愛の巣だ」

きょとんとした顔で告げたアシュラフは「それよりも、これだ」と箱の蓋《ふた》を開けかけた。

「陛下」

それを、ラシェルは手で押さえる。蓋を開けずとも、中に入っているものは予想がつく。

きっと目が眩《くら》むほどの宝飾品が入っているに違いないのだ。

「受け取れません」

「そなたのために作らせた」

まったく人の話を聞かないアシュラフが嬉々としながら、箱の蓋を開けた。現れた金の髪飾りにげんなりする。

いくら豊かな国だとはいえ、さすがにやりすぎだ。

どうせなら、民のため国のためにもっと有効的に活用をしてほしい。

そう説くも、アシュラフはどこ吹く風だ。

「そなたへの貢ぎ物はすべて私の私財から出ている。王が率先して経済を回せば、それは民の暮らしを潤沢にすることにも繋がるのだ」

「ですが、限度というものが――」

「あぁ、やはり美しいな」

取り出した髪飾りをラシェルの髪へとあてがうと、アシュラフがうっとりとした声を出した。

「よく似合っている」

窘めている最中でも、蕩《とろ》けるほどの微笑に鼓動が跳ねた。

見慣れてきたはずなのに、アシュラフの美貌は毎日輝きを更新してくる。

「こ、このような高価なものばかりいただいても、こ……困るのです」

「すべてそなたの好きにしたらいいではないか」

宝石をしまう場所も、衣装の管理にも手間がかかる。

もらったものを身につけて出かける場所もないのに、装飾品ばかりがたまっていくのは、宝の持ち腐れだ。

「愛しい者に贈り物をするのは、歴《れっき》とした求愛行動だ」

「人の気持ちは物でつるものではございません」

睨《ね》めつけると、アシュラフがまったく懲《こ》りていない様子であぐらをかいた。

「そなたは難攻不落だな」

「陛下、聞いておられますか？」

「聞いている」

あぐらに肘をつき、ラシェルを見た。

「ラシェル、そろそろ欲が出てきた頃だろう？」

「――っ」

一瞬、心を見透かされたのかと思った。

「望みなど……」

咄嗟《とっさ》に虚勢を張るも、途中で言葉が途切れてしまった。

実質的軟禁状態になってからも、侍女たちは快適さを保とうと毎日心を尽くしてくれる。

何不自由のない環境でも、やはり外に出てみたい。

逃げるためではなく、アシュラフの治める国を見てみたかった。

けれど、一度過《あやま》ちを犯した身には、過ぎた望みであることもわかっていた。

「髪飾りを見てみろ」

アシュラフの言葉を怪訝《けげん》に思いながらも、髪に挿されたものを手に取った。

シャラリ……と金細工の飾りが涼やかな音を鳴らす。

手にした物は精緻で繊細な模様を施した蝶の髪飾りだった。

「これは……」

「どうだ。見事だろう」

ラシェルは信じられない気持ちで、贈られた髪飾りを見つめた。

アシュラフが力を入れているという職人技術の保持。これだけ完成度の高いものを作れるのなら、おそらく一流と呼ばれる者の手によるものだろう。

「それを作った者が、街の一角に工房兼店舗をかまえることになった。それはそなたにと職人から献上されたものだ」

「なぜ、私に？」

ラシェルにはもらう理由がない。

「そなたが我が姫だからだ」

「誰がそのようなことを」

「無論、私だな」

当然のように告げる口調に、開いた口が塞がらなかった。

驚いたのは、一介の職人が国王に拝謁できることではない。ラシェルの存在が民にまで知れ渡っていたことだ。しかも、それをアシュラフ本人が吹聴《ふいちょう》しているという。

（目眩《めまい》がしそうだわ）

眉間《みけん》を指で押さえながら、アシュラフの軽率な行動に呆《あき》れた。

「陛下。軽はずみな言動はお控えください」

ラシェルの存在を快く思わない者もいるかもしれない。例えば、自分の娘をハバル国王妃にと企《たくら》む者たちだ。彼らの不興を買えば、アシュラフの政にも支障が出てくるだろう。

そんなこともわからない人ではないだろうに。

「いたって真面目だ。そなたが我が妻になるのは、まもなく決定事項となる」

「一人先走らないでください。私は何の返事もしておりません」

ぴしゃりと言い放てば、「私を好きになれば問題ない」と適当な言葉が返ってきた。

（まったく、困った人ね）

聡いのか、大胆なのか、それとも単純に浮かれているだけなのか判断に迷う。

（何事もなければいいのだけれど）

「それで、ハバル国では店を出す際には、国王への拝謁と許可がいるのですか？」

仕方なく話題を変えると、アシュラフが「いや」と首を横に振った。

「彼は、以前私が街へ降りたときに偶然見つけ、支援を申し出た。珍しいことではないぞ」

一国の王がそんな軽率な行動をしていいのだろうか。

「名工を育てることは、国の繁栄にも繋がる。私はきっかけを与えたにすぎん」

普通は、自分の功績を他人に認められたいものではないのか。

なのに、アシュラフは他人からの評価には何の関心も示さない。

クーデターのときも、後押しこそするが、己の功績を示したりしていないに違いない。アーヤたちからも、何の話も伝わってこないのがその証拠に思えた。

「もしかして、陛下がきっかけをお与えになった職人が街には他にも大勢いらっしゃるのですか？　今回のように工房を与えたりするのですか？」

彼は先ほど珍しいことではないと言った。裏を返せば、ままあることだということ。

伺い顔になると、「そうでもない」と嘯《うそぶ》いたが、視線が泳いでいるのに気づかないと思っているのだろうか。

見つめる視線を強めれば、「今回は私がとりわけ目をかけている男なのだ」と白状した。

通常なら、腕のある職人の弟子にさせ、時期を見て独り立ちさせるのだとか。工房を持つ際は、申請があれば助成金を交付することもあるという。

だが、今回の場合はすでに男の技術は匠の域にあったという。ただ性格に癖がある男らしく、数多くの工房を渡り歩いては喧嘩《けんか》別れしてきた。それで、いっそのこと自分の店を出せばいいということになり、アシュラフが出資したというわけだ。もちろん、表向きは別の名の人物が支援者となっている。

人がいいというか、一度決めたことは意地でもやり通すというか。

だが、国王が私情で動くのは賢明とは思えない。

「ほどほどになさいませ」

とはいえ、民のためにこれほど親身になってくれる王も、滅多《めった》にいないだろう。

彼は国王と言うよりも、族長と言う方がしっくりくる。どちらも似た役割だが、より民の身近にいる人なのだと思った。

そんな彼が守る街。

(見てみたいわ)

ラシェルの外への興味はこの一件でますます膨《ふく》らんだ。

でも、言ったところで叶うわけない。

そう思った矢先だ。

「それで、そなたの望みとは何だ？」

まるでラシェルの心を完全に読み切ったといわんばかりの表情だった。

完全にしてやられたことに、じわじわと顔が赤らんでいく。

アシュラフはラシェルに街の話題を出せば、必ず食いついてくると予想できていたのだろう。同じく、現状に諦《あきら》めを抱いていることも察していたのかもしれない。そのタイミングで名工が作る髪飾りを渡し、アシュラフが彼を導いた話をしたのは、ラシェルの欲求の起爆剤にするため。

「――陛下は意地悪ですっ」

すべて計算されていたのだとしたら、まんまと自分は策士の罠《わな》にかかってしまったということだ。

たまらず不満を口にすれば、アシュラフは目を瞬かせたのち、声を上げて笑った。戸惑うラシェルの腕を引き、自分の膝の上へと跨《また》がらせた。

「な……、なんですか？」

向かい合う体勢に、鼓動が高鳴る。

ラシエルを映す綺麗《きれい》な孔雀《くじゃく》の羽根模様の瞳が、蠱惑《こわく》的に煌《きら》めいていた。

「上手におねだりできれば、望みを叶えてやらぬこともない」

「またですか？」

以前にも聞いた提案に胡乱《うろん》な目をすると、「あのときは叶わなかっただろう」とアシュラフに腰をなぞられた。

「――んっ」

「私をその気にさせてみろ」

艶めいた声が腰に来る。

ずくり……とした疼《うず》きが何なのか、ラシェルはもう知ってしまっているのだ。

「ラシェル」

熱っぽい囁《ささや》きを紡《つむ》ぐ唇が近づいてくる。

あぁ、また今夜も眠れそうにない。


外出禁止が解かれたのは、唐突だった。

「ラシェル様、本日はこちらにお召し替えください」

ムルディヤーナが用意した服は、袖の長い薄い水色が鮮やかな立て襟《えり》のシンプルなドレスとふくらはぎの中ほどくらいまである編み上げ靴だった。スカートの広がり具合も、丈の長さも歩くのに邪魔にならない絶妙の塩梅だ。飾り気のない服装な分、造形が魅せる気品に満ちた佇《たたず》まいが美しかった。

「あなたたちは行かないの？」

だが、出かける準備をしているのはラシェルだけ。

彼女らの普段と変わらないいでたちに首を傾げると、二人はくすくすと笑った。

「ご安心ください。陛下がご同行なさいます」

「陛下が？」

すると、アーヤの言葉を待っていたかのようにアシュラフが現れた。

黒の立て襟の着衣に合わせた濃紺の羽織を革のベルトで締め、足下は長靴だ。ハバル国では身分ある者が身につける衣装はどれも袖《そで》が長いのが特徴で、アシュラフの装いも同様だ。普段のくるぶしまであるいでたちとは違う活動的な装いは、随分《ずいぶん》と身軽だった。

アシュラフはラシェルを見るなり、目を細めて「愛らしいな」と言った。

息をするように「愛らしい」と告げられていると、人間慣れてくるものだ。

それにしても、アシュラフは何を着ても似合う。正装姿も目を引いたが、今日の服装も素敵だった。

最近、アシュラフを見るとやたら胸がときめいてしまう。

(私ったらどうしたというの)

格好いい、なんて誰にも抱いたことのない感想だった。

「よく似合っている。今日の装いは、まるで連峰の妖精だな」

今朝も絶好調なアシュラフの賛辞に、ラシェルはもう苦笑いをするしかない。

人に囲まれて暮らすことが当たり前だったせいか、アシュラフにはやや羞恥心が足りない。

「あぁ、ついに我が姫を民にお披露目する日が来たか。これで晴れて、公認の仲になったというわけだな」

「勘違いですよ」

浮き足立つアシュラフに作り笑いを浮かべて一蹴《いっしゅう》した。

「嬉しくて、ついな」

まったく懲りてないアシュラフが、当たり前のように腰に手を回してくる。

「巷《ちまた》はそなたの話題で持ちきりなのだぞ」

「それは、陛下が迂闊《うかつ》に私のことを話したからでは？」

「聞きたいか？」

よほど街へ降りるのが楽しみなのか、アシュラフとの会話が噛み合わない。

仕方なく、ラシェルが水を向けた。

「それで、どのような話題があるのですか？」

「金獅子を虜《とりこ》にしている美姫が現れた。蜂蜜色の艶《つや》めく髪に碧眼《へきがん》を持つ姫は、神獣と番《つが》いし者の生まれ変わりだ。と、こんな感じだ。私たちは、早くも民公認の仲になりつつあるというわけだ」

史実にあった神獣と番《つがい》になった少女は亜麻色の髪をした乙女であり、すでにアシュラフによって純潔を散らされているラシェルであるはずがない。しかも、現れたのではなく、拉致《らち》されてやってきたのだ。史実との類似点は、神獣が乙女に恋をしたという一点のみ。

「そなたに悪い虫がたからぬよう今日は気が気ではない」

あぁ、心配だ。と嘆く姿は芝居じみていて、胡散臭《うさんくさ》い。睨めつけても、それすら喜びそうな勢いがあった。

（本当に困った人だわ）

何をしても、彼にはご褒美になるのなら、どうしてやろうか。

そんなラシェルとのやりとりを、侍女たちが楽しそうに笑って見ていた。

「仲睦《なかむつ》まじくて何よりでございますね」

「これのどこが？　アーヤ、ムルディヤーナ。違うわよっ？」

「はい。行ってらっしゃいませ」

上機嫌なアシュラフに、背中をぐいぐいと押され部屋を出ていくラシェルを、優しい侍女たちは笑顔で見送った。

部屋を出ると、護衛らしき男が二人、平民のいでたちをして待っていた。

久しぶりの外出に、わずかながら緊張した。

宮殿の中を歩くのは、逃亡を企《くわだ》てたあの日以来だ。

等間隔に並ぶ支柱とアーチを繋ぐ金細工が施された柱頭が、磨き上げられた大理石の長い通路に映り込んでいる。そこを抜けると藍色《あい》の大理石が描く幾何学《きかがく》模様が美しい広いホールへ出た。天井には豪奢《ごうしゃ》なシャンデリアが吊られており、白と藍色とシャンデリアが放つ橙色《だいだい》の灯りのコントラストが絶妙な配色で風景を仕上げている。

歩くたびに、ラシェルたちの足音が宮殿内に響いた。

（綺麗なところだわ）

一度だけ宮殿を案内されたときも同じことを思ったけれど、今の方が落ち着いて内装を鑑賞することができている。

逃げるためだけに重点を見ていたときとは違うからだろう。

「街までは遠いのですか？」

本当は国王の隣を歩いていい身分ではないのに、アシュラフは腰に回した手を外そうとしない。部屋の中でならいざ知らず、宮殿内でアシュラフに不敬を働けば、彼の威厳にもかかわることになると思えば、不用意なことはできなかった。

「そなたはそんなことも知らずに逃亡しようとしていたのか？」

やぶ蛇になってしまい、ラシェルは言葉に詰まった。

そんなラシェルを見て、アシュラフがくすりと笑う。まるで、迂闊なところも可愛いと言わんばかりの蕩けるような顔でだ。

「そなたを愛の巣に運び入れたときは、目を覚ましてはいなかったのだから覚えておらぬのも当然だ。後宮は城壁に囲まれ、外の様子も見えぬからな」

「……愛の巣ではございません」

後宮をおかしな呼び名に変えないでほしい。まるでラシェルたちが愛し合っているみたいではないか。

「私たちが愛を育む場所なのだから、違いない」

「あ、愛など……育んでおりませんっ。勝手な解釈は困ります」

ムキになると「ほう、困るのか」とアシュラフが目を細めた。何か企んでいるような表情に思わず顎《あご》を引いた。見つめる綺麗な双眸《そうぼう》には、時々身の危険を感じてしまう。

「もっと困ればいい」

「な――、やはり陛下は意地悪です」

恨みがましい目を向ければ、「そうかもな」と微笑まれた。

「街までは馬車で行く。歩いても行けるが、馬車の方が速いからな」

ラシェルとしては歩いてもかまわないのだが、早く行けるのならそれに越したことはない。

(ハバル国の街か。楽しみだわ)

期待で胸が膨らむのを止められない。

侍女たちから街の話を聞いてからというもの、ひと目見てみたいと願っていた場所だ。

中心街にある市場にはさまざまな店が軒を連ねており、この市場で買えないものはないと言わしめるほど潤沢な品揃えだとか。色硝子ランプの店や、金細工の工房、それ以外にもアシュラフが密かに支援した者たちの店はどんなところなのだろう。

「蝶の髪飾りを作った細工師には会えるでしょうか？」

「そのつもりだ。礼も言わねばならぬしな」

その返事に、ラシェルの表情が華やいだ。ハバル国の技術をこの目で見られる機会に恵まれるなど思ってもみなかった。

「嬉しそうだな」

「そ、のようなこと――、わかりますか」

今さらごまかしても仕方がない気がした。認めると、「ははっ」とアシュラフが声を上げて笑う。

「いい傾向だ。ラシェルは感情豊かでいた方がずっといい」

まるで昔から自分のことを知っているかのような口ぶりだった。

ずっと気になっていた。

自分は、いつ、どこでアシュラフと出会ったのだろう。

「私たち、どこでお会いしたのでしょう？」

前回は答えてくれなかったが、今回はどうだろう。

彼ほど存在感のある人なら忘れることなどないと思うのに、記憶を辿《たど》ってもそれらしき人物が思い出せない。

首を傾げれば、「本当に覚えておらぬか?」と、逆に問い返された。

馬車に乗り込み、向かい側に座るアシュラフを見つめるも、やはり見当すらつかなかった。

本当にどこで会ったというのだろう。

アシュラフも手がかりになるようなことを言ってくれてもいいのに、面白げにラシェルを見ているだけだ。

「どうだ、思い出せたか?」

脚を組んだ膝に肘をつき、顎を乗せたアシュラフに、ラシェルは「何も」と首を横に振った。

「思い出せよ」

「——っ」

「俺が君に一目惚《ひとめぼ》れした瞬間だぞ。忘れてくれるな」

普段の尊大な口調とは違う青年みたいな口ぶりに、また鼓動が跳ねた。伸びてきた手がラシェルの頬を撫《な》でる。

(き、急に口調を変えないで。びっくりするじゃない)

突然、彼が身近な存在に感じた。

ハバル国王としてのアシュラフではなく、ただのアシュラフの顔を垣間見た気がした。

「そして、私に愛される喜びに溺れろ」

だが、それも一瞬。

アシュラフの口調はもう元に戻っていた。

触れる手の熱が伝導したのか、ラシェルの頬までみるみる赤くなっていった。

（やだ、私。どうしちゃったの）

「言っておくが、私の愛は重いぞ」

勝ち誇ったような表情に、からかいの色はない。

（本気——なのですか？）

彼がラシェルを手元に置く理由が愛なら、……ラシェルはこの先どうしたらいいのだろう。

馬車の窓から見える景色が徐々に、賑《にぎ》わうものになっていったところで、ラシェルたちは馬車から降りた。

この先は、歩いて街を散策する。

「……ここが、中心地」

ハバル国の首都は、ロクツァナ国とは比べものにならないほど大都会だった。

整備され、綺麗に舗装されたレンガ造りの道路は、人と馬車が別々のところを通っている。

独特な蔦《つる》模様を描いた色とりどりの食器を売る店や、たくさんのランプが陳列してある店。

生鮮品に、日用雑貨。多種多様なものを売る店が遠くまで並んでいた。

人々が思い思いに買い物を楽しむ声が喧噪《けんそう》となり、さらに街を活気づかせている。

「すごい……」

だが、ラシェルが驚いたのは建物の多彩さだ。

クリーム色をした長屋式の三階建ての石造建築の窓はどれも水色で、玄関には小さなの花が蔦のように絡まり合って咲いていた。それは、まるで目の覚めるような深紅の花が空から降ってくるようにも見える。青い空とのコントラストは眩しいほど美しかった。

（なんて綺麗なの）

楽園が存在するのなら、それはハバル国のことではないだろうか。連峰に抱えられた緑と花に彩られた国なんて、楽園と呼ぶにふさわしい。

目にするものすべてが新鮮で刺激的だった。

街には外国からの来訪者も多い。彼らは険しい山道を越えて、この国で商いと一時の休息を求める行商たちだろう。

「欲しいものがあれば言え」

目を回しているラシェルの腰を支え、アシュラフが「何が欲しい？」と問いかけてくる。

「急に言われても――、これほどの賑わいを経験したことがなくて……」

立っているだけでも、何度も肩が人とぶつかりそうになった。

けれど、一度もそうならないのは、アシュラフがそのたびに彼の方へと引き寄せているからだ。

（もしかして、私を守ってくれているの？）

力強い誘導にアシュラフを見上げる。

しばらく歩くと、料理屋がひしめく区画へ入った。こちらは天幕の中に椅子とテーブルが何百と用意されていて、そこで思い思いの店で買った品を食べるという形式になっていた。

「ここにある屋台のものは、たいがいどこのも絶品だが、お勧めはやはりアレだな」

そう言って、アシュラフが引っ張っていったのは、ラップサンドの店だ。

早速一つ注文し、それを受け取るとラシェルの口許へ運んできた。

「ほら、口を開けろ」

「こ、ここでですか？」

二人で食事を取るときは、食べさせ合うのが日常になりつつあった。だが、まさか外に出ても適用されるなんて聞いてない。

「一人で食べられますっ」

辺りを気にしながら小声で断れば、アシュラフが片眉を上げた。

「ラシェルは気にしすぎだ」

それは、アシュラフが気にしなさすぎなだけだ。

ちらりと屈強な体躯《たいく》をした護衛に助けを求めて視線を向けるも、彼らはラシェルと目が合うなり、そっと目線をそらした。

（なんて主思いなのっ）

だが、目の前からする美味しそうな匂いに、食欲がそそられる。ためらいながら一口頬張った。

「――っ！」

じゅわりと口の中に広がる肉汁のうま味に目を丸くする。肉に絡んだ甘辛いソースははじめて食べる味だった。

悶絶《もんぜつ》するほど美味しくて、すぐ二口目もかぶりついてしまった。夢中で口を動かし、さらにもう一口頬張る。

「そんなに慌《あわ》てずとも、まだいくらでもある」

上機嫌な声音のアシュラフがそれをラシェルの手に持たせた。

「ソースが垂れるから気をつけろ」

くすくすと笑いながら手についたソースを舐める姿は、色っぽくて艶《なま》めかしい。

「ラシェルの口に合ったようだな。いい食べっぷりだ」

満足そうに笑い、アシュラフも護衛が買ってきた自分の分を頬張った。大きな口にみるみるラップサンドが消えていく。ラシェルより後に食べたのに、食べ終わるのは同じだった。

「デザートもあるぞ。あぁ、あれも美味いんだ」

そう言って、アシュラフは手当たり次第に屋台料理を買っていく。しかも、大量にだ。

「ま、待ってくださいっ。そんなにもたくさん買ってどうするおつもりなのですかっ？」

「食べるに決まっている」

「誰がですか⁉」

「私とそなただ」

無謀な量にぎょっとすると、クッと笑って「嘘だ」と言った。

「これから向かう先に持っていく手土産にする。ラシェルも見繕ってくれないか。甘い菓子がいいな」

「どこへ行かれるのです？」

「難民が一時的に避難している場所だ。そこにいる親のいない子どもたちに渡すのだ」

「ハバル国は難民も受け入れているのですか？」

連峰に抱かれた国へ助けを求めてくる人たちは、どこから流れてくるのだろうか。

「そうだ。過酷な山越えをしてでも、豊かな国を求めてくる難民の中にはロクツァナ国の民もいる」

「……申し訳ありません」

突きつけられた現実に、ラシェルは詫びることしかできなかった。

そんなラシェルに、アシュラフが優しく笑った。

「国が傾いたのはそなたのせいではない。――それよりも、どの菓子がいいと思う?」

こんなとき、アシュラフの陽気さに救われる。

ラシェルは苦笑を浮かべながら、「あれなどはいかがですか?」とナッツが入ったクッキーを指さした。

「これなら数もありますから、たくさんの子どもたちへ行き渡るでしょうし、余っても保存が利きます。そして、何より美味しいです」

「いいだろう」

アシュラフは、護衛にクッキーを大量に購入するよう命じた。

それらを持って、難民たちが留まっている施設へ向かうと、中にはラシェルの予想を上回る人数が収容されていた。

「こんなにも大勢の人がいるのですか?」

「あぁ。彼らはここで一時的に避難生活を過ごし、のちに定められた場所へと向かう。国は彼らに最低限の生活水準を保てるだけの労働を与えるが、それでもここに集まる者たちは氷山の一角に過ぎぬ。流れてくる者の中には罪を犯した者もいるからだ。その者らは、まずここには来ない」

「……スラム街が生まれているのですね」

ラシェルが出した答えに、アシュラフが難民たちを見つめながら頷《うなず》いた。

「そうだ。国が人の流れを管理しようとも、彼らの勢いはすさまじい。これから向かう棟には、ハバル国に辿り着くまでに親を失った子や、先の疫病《えきびょう》で生き残った子どもたちが新たな家族を求めて待っているところだ」

苦しげに眉を寄せるアシュラフからは、力が及ばないことへの口惜しさが伝わってきた。

それでも、ハバル国に逃げてこられた彼らは命を救われたのだと思いたい。

ロクツァナ国では、これだけの対応は到底できないからだ。

自国民以外にも心を配れるのは、それだけ国に力があるからだ。

子どもたちのいる棟へ行くと、彼らはアシュラフの顔を見るなりわっと駆け寄ってきた。

「アシュラフ様――っ」

集まってくる子どもたちを抱き上げながら笑う顔は、優しさに満ちていた。子どもたちの様子から、アシュラフが普段からもここへ来ているのがわかる。

「元気にしていたか。今日も土産を持ってきたぞ」

「やったぁ！　お菓子？」

「当たりだ」

頷き、アシュラフがラシェルを見た。

護衛がクッキーの入った袋をラシェルへ渡す。

「こんにちは。お菓子をどうぞ」

膝を折り、視線を子どもたちと同じ高さまで下げて、お菓子袋の口を開いた。

「わ……ぁっ、綺麗なお姉ちゃん――」

誰かが呟くと、子どもたちが口々に「綺麗」と呟いた。

「そうだろう。我が姫ラシェルだ」

「へ、陛下っ」

自慢げに鼻を鳴らすアシュラフは、ここにいる誰よりも子どもっぽい。

「アシュラフ様のお妃様になる人？」

「そうだ。美しいだろう」

「おやめくださいっ。子どもたちの前で何をおっしゃっているのですかっ」

小声で窘《たしな》めるも、子どもたちの「すごーい！」という歓声にかき消された。

「もっと褒めてもいいぞ」

ラシェルの気持ちを置き去りに、勝手に盛り上がるアシュラフたちに目眩がしそうだ。

すると、服の袖が遠慮がちに引っ張られた。

「おねーちゃん。おかし、ちょうだい」

片言の外国語で話しかけてきたのは、ぬいぐるみを抱いた小さな女の子だ。

（こんな小さな子まで……）

見れば、子どもたちの外見はさまざまだった。

やるせない気持ちを押し殺し、ラシェルは幼子に笑顔を向けた。

「もちろん。はい、どうぞ」

ラシェルは、袋の中からクッキーを一枚取り出し、少女へ手渡した。

「ありがとう」

花開くように嬉しそうに笑う顔は、愛らしい。それを機に、アシュラフの周りに集まっていた子どもたちも、お菓子を求めてラシェルの前に並び出した。

「ありがと！」

「ありがとぅ」

お菓子を受け取った子どもたちは、ラシェルの隣に立った護衛が持つ袋から次のお菓子をもらう。そうして、また別の護衛が持つ袋から三つ目のお菓子を受け取っていった。

たとえ、見た目は違っても、子どもたちにとっては、ここで暮らすみんなが仲間であり、家族なのだろう。

仲睦まじい様子は、見ていて温かい気持ちにさせられた。

「いい家族が見つかればいいのに」

ラシェルのひとり言は、誰の耳にも届かず喧噪にかき消された。

施設を出たのち、再び街を散策した。

アシュラフは定期的に街へ降りて、民たちの暮らしを自らの目で確認し、彼らの声に耳を傾けているのだという。

服装こそ王族のものではないが、彼らはアシュラフが何者であるかを知っている。正体を知りながらも、歩くアシュラフにかかる声はひっきりなしだった。

「慕われておいでなのですね」

先ほどまで、玄関先で日向ぼっこをしていた老婆に引きとめられ、ひとしきり世間話をしてきたばかりだ。

「将軍時代からこの辺りは警備で見回っていたから、その名残だ」

「遊牧民から疫病の治療薬を譲り受けたのも、将軍の頃でしたわね。アーヤから聞き及んでおります。でしたらなおのこと、陛下が民に愛されていることに変わりはありませんわ」

仕立屋の主人は、アシュラフと目が合うと軽く会釈をし、パン屋の前で遊んでいた子どもたちは、アシュラフに気づくと手を振っていた。道ばたで顔を洗っていた猫ですら、アシュラフを見ると尻尾を立てて足にすり寄り、甘えた声を出すのだ。

「猫にまで好かれる王など聞いたことがありません」

猫もアシュラフが受け継いできた神獣の血を感じ取っているのだろうか。本能で元は同族であることをわかっているのかもしれない。

真剣な顔で話をすれば、「そんなわけがないだろう」とアシュラフが珍しくげんなりとしていた。

だが、アシュラフが王であるからこそ、この国が豊かであることは紛れもない事実なのだ。

「今の幸福があるのは、陛下が疫病を退けてくれたからだと聞き及んでいます」

「疫病は、遊牧民が持ち込んだものだ。原因がわかっていれば、対処法に戸惑《とまど》うこともない」

アシュラフにとっては取るに足らないことでも、この国にとっては希望であり、救いの手だった。

「そのことで陛下に疑いを持つ者はいなかったのですか？」

すると、アシュラフが一笑に付した。

「疫病は、私が王座に就かんとするための自作自演だという者は確かにいた。その者も疫病に罹《かか》って死んだがな」

いくらでも憶測はできるだろうが、アシュラフがハバル国を救った英雄であることは変わらない。

アシュラフは、ハバル国を愛している。

それくらい、ラシェルにだってわかっていた。

そんな人が、私欲のために国を窮地に追い込むとは思えない。

真上にあった太陽も、いつの間にか低い位置に来ていた。

「そなたを連れていきたい場所がある」

そう言って、アシュラフに連れてこられたのは街を一望できる丘だった。

「これは——」

そこには懐かしい木があった。

「マルフィアの木……」

まだ実こそつけていないが、それをラシェルが見誤るわけがない。ロクツァナ国の原木と同じ木が寂しげに一本だけ立っていたのだ。

「どうして……」

マルフィアの木は、食糧難に喘ぐ民たちにすべて食べ尽くされ、絶えてしまったと思っていたのに。

信じられない思いで、隣に並ぶアシュラフを見上げた。

「十四のときに私はマルフィアの原木から苗木を分けてもらったのだ。それをこの地に植えた。はじめは根付くことはないと思っていたのだ」

「分けてもらった?」

原木はエルデー公爵領土にある。管理をしている父は、滅多と他人に苗木を渡したりしない。

「陛下はエルデー公爵領に来られたことがあるのですか?」

「ある。原木も見た。俺はそこではじめてマルフィアを食べたのだ。あんなに酸っぱい食い物を食べたのは後にも先にもあれだけだ。食べさせられたときは、私を殺しにかかってきたのかと思ったほどだ」

「食べさせられた？　どなたにですか？」

するとアシュラフはじとりとした目でラシェルを見た。

「……もしかして、私？」

「気付け薬代わりにしても強烈だった。死にかけの身には堪《こた》えたぞ」

「死にかけ⁉」

どんどん出てくる衝撃的な内容に、ラシェルは唖然《あぜん》とするしかなかった。

アシュラフは鼻を明かしてやったと言わんばかりに、得意顔だ。

「だが、相手は私をマルフィアの精だと思っていたようだが。おおかた、マルフィアの実を食べることで気力を取り戻すと思ったのだろう。幼子《おさなご》の考えそうなことだが、無邪気さと狂気は紙一重だな」

（マルフィアの精――、……あっ！）

いつアシュラフと会ったのか、ずっと思い出せなかったのも当然だ。何しろ、ラシェルはアシュラフを人と認識していなかったのだから。

不思議な瞳を持つ金色の髪をしたマルフィアの精。

彼は、マルフィアの木の根元に、左の脇腹を右手で押さえて座り込んでいた。金糸みたいな髪が整った美貌に影を落とし、いっそう憔悴《しょうすい》しているように見えた。

だから、ラシェルはもいだばかりのマルフィアの実を、急いで彼の口に一房押し込んだのだ。マルフィアの精なら、実を食べれば元気になると思ったからだ。

『――っ⁉』

その直後、カッと目を見開いた彼が顔を紅潮させながら、地面に倒れ込んだ。額を土に押しつけながらもがき苦しむ姿に、ラシェルは驚いたのを覚えている。

『――んだ、これ⁉　くっそ不味いなっ‼』

だが、怒声を上げるほど元気になった姿に、やはり彼はマルフィアの精なのだと確信した。

『大丈夫？　木から落ちちゃったの？』

『さわ……るなっ』

伸ばした手をぞんざいに払った彼が、威嚇するように鋭い視線をラシェルに向けた。その孔雀の羽根模様みたいな目の色に戦慄《せんりつ》を覚えた。人とは思えぬ瞳の色に、魅入《みい》られたからだ。

『大丈夫。怖くない……よ？　木から落ちて怪我してるんでしょ。今、お父様を呼んできてあげる！』

父はマルフィアの原木を代々守ってきている。きっと父に言えば、精の傷も治してもらえると思ったのだ。

「――あのときの精霊が、陛下でしたのね」

「ようやく思い出したか」

呆れ声には、安堵と喜びも混じっていた。

「そんな顔をなさるくらいなら、おっしゃってくだされればよかったのに」

拗《す》ねた様子に苦笑すれば、「覚えていると思うだろう」とアシュラフが口を尖《とが》らせた。

「精霊は人ではありません。陛下だったなんて思うわけありませんわ」

「心奪われるのに、人も精霊も関係ない」

言葉の意味を測りかねて目を瞬かせれば、アシュラフが綺麗な目に慈愛を滲《にじ》ませた。

「ラシェルが俺の初恋だ、ということだ」

「は――っ、恋……」

あの出来事は、確かラシェルが八歳か九歳の頃。まだ王太子の許嫁《いいなずけ》になる前のことだ。

「俺は片時もラシェルのことを忘れたことはなかったというのに」

「そ、それも仕方のないことですっ。まさかハバル国の王子に見初められていたなんて、どうして知ることができるとお思いですか？」

「知れたはずだったんだ。あと一歩、俺の方が早ければ、ラシェルは王太子の許嫁ではなくハバル国第二王子の許嫁になっていたはずだった」

「どういうこと――」

話が壮大すぎてついていけない。

（私が陛下の許嫁になるはずだった？）

連峰から吹く風がラシェルの蜂蜜色の髪をふわりと舞い上がらせた。

「寒くはないか」

風の冷たさを感じたアシュラフが、ラシェルを当たり前のように抱き寄せた。

見た目以上にたくましい体躯が風よけとなり、ラシェルを守ってくれる。

「俺は国賓として家族と共にロクツァナ国を訪れていたが、俺だけが命を狙われた。どうにか命からがら逃げおおせることができたが、負った傷が痛くてな。刺客から身を隠した先で俺を見つけたのが、ラシェルだった。そなたがエルデー公爵を呼んでくれたことで、俺は命拾いをしたんだ」

先ほどからアシュラフの口調が、随分と砕けたものになっているのに、ラシェルは気づいていた。彼は今、王としてではなく、ただのアシュラフとしてラシェルに接してくれている。

何でもないふうに過去の出来事を話しているが、内容は聞き過ごせないものだった。

「犯人は捕らえられたのですよね」

大国ハバル国の王子がロクツァナ国内で命を落としたとしたら、戦争になりかねない。もしかしたら、そのときにロクツァナ国は滅んでいたかもしれないのだ。

血相を変えて言うと、アシュラフは「一応はな」と言った。

奥歯にものが引っかかったような口ぶりから、納得のいく解決ではなかったことを感じた。

「何があったのです」

「そんなことより、ラシェルの返事を聞きたいんだが？」

何か問いかけられていただろうか。

首を傾げれば、「俺のことをどう思っている？」と聞かれた。

「俺はあの日以来、片時もそなたを忘れたことはない。朦朧《もうろう》とした意識の下で見たそなたは、天より使わされた者のように美しく可憐《かれん》だった」

恥ずかしげもない大げさな賛辞に、みるみるラシェルの顔が赤く染まっていく。

「天使だろうと、俺はあのとき、必ずそなたを手に入れると決めたんだ」

「な――」

「それからはずっと、この胸にはラシェルしか住んでいない。いつ迎え入れてもいいように、こつこつと準備をしてきたんだ。兄上には気の長い話だと笑われていたよ」

まったくそのとおりだ。

その頃のラシェルは、王宮で妃教育の真っ最中だった。もし、ロクツァナ国が平和でクーデターが起こらなかったら、どうするつもりだったのだろう。

「そのときは、力ずくで奪ったまでだ」

「戦争はいけませんよ⁉」

物騒な物言いにぎょっとすると、アシュラフがふはっと笑った。

「力ずくとは、俺自身の力でラシェルを振り向かせてみせるということだ。ナルシス程度に負けるとは思っていなかったからな。必ずそなたの愛を勝ち取って見せた」

不遜で自信家で傲慢《ごうまん》な物言いだったが、どうしてか憎めない。いつもなら、きっと「自分はものではない」と抗議していただろうが、武力ではなく愛でラシェルを勝ち取ると言った彼の気持ちが嬉しかった。

（誰かに、これほど強く思われたことなんてなかったもの）

それを教えてくれたのは、精霊と思い込んでいた記憶の中にいた人だ。

アシュラフ・イブン・アル＝アクサイブ。

ラシェルは、ようやく彼を視界に映した気がした。それは、心に清涼な風が吹き込んだみたいな新鮮さを孕《はら》んでいた。

（私を好きだと言ってくれる人）

何もなし得なかった自分に、彼は惜しみない愛をくれる。ラシェルの心が欲しいと言う。

アシュラフが、ラシェルの手を取ると、自分の胸へと押し当てた。

真摯でまっすぐな瞳が心を揺らす。何より、手のひらから伝わる鼓動の速さが彼の胸の高鳴りを教えてくれた。

「苗木、根付いたのですね」

マルフィアの木は、海から吹く風と温暖な気候という条件があれば根付かせるのは容易《たやす》いと言われている。しかし、ここは連峰に囲まれ、高度も気温もロクツァナ国とは違う。まさに奇跡としか言いようがなかった。

なんて美しいのだろう。

見知らぬ土地でも、マルフィアの木は根を下ろし、葉を広げている。

そのたくましい姿は、ラシェルに何かを語りかけているようにも思えた。

――私だけが、ロクツァナ国にこだわりすぎているのかもしれない。

「教えてください。ロクツァナ国は幸せになれるでしょうか？」

向かい合うアシュラフを見上げた。

「王家、並びに彼らを擁護した者はすべて拘束され、ロクツァナ国の王制は終わった。これより先は、ハバル国の支配下に入り、クーデター軍たちが主体となり新たな政権が発足する手はずとなっている」

つらつらと答える口調によどみがないのは、はじめから決められていた筋書きだからだろう。

「そこに父もいるのですね」

「そうだ」

ラシェルが橋渡し役となり、築き得るはずだった未来だ。――これまでは自分でなければならないと思っていたが、結果に向かう過程など些末《さまつ》なことなのかもしれない。

マルフィアの木がハバルの地で育っているように、ラシェルもそろそろ順応しなければ。変化を恐れ、現状にしがみついていては、ロクツァナ国王家と何も変わらない。自分は民のためだと言いながらも、本当はラシェルこそが使命にすがりついていたのかもしれない。

アシュラフが気持ち悪いと言ったのも、そんな心の弱さを見透かしていたのだろう。

「私は……誰かの役に立てていたのでしょうか?」

ただ、それでも最後に問いたかった。

他でもない、アシュラフに答えを求めたのは、彼がラシェルを人として見てくれていたからだ。

(どんな答えが返ってきても、受け止めよう)

でなければ、ラシェルは先には進めない。

アシュラフが愛《いと》おしそうにラシェルの側頭部に口づけた。

「ラシェルのおかげで、私は生きてこられた」

はっと息を呑《の》んで、瞠目《どうもく》した。

よもやそんな嬉しい言葉をもらえるとは、思っていなかったからだ。

(どうして、こんなときだけ私を認めてくださるのです)

心がアシュラフへ傾いてしまいそうになる。

「……ち、父との交流はそのことがきっかけで始まったのですか？」

けれど、まだラシェルには彼の気持ちを受け止める準備ができていない。話をそらせば、アシュラフが薄く笑った。

「そうだ。俺は国へ戻ってからもそなたのことが忘れられず、エルデー公爵にラシェルとの婚約を申し込んだ。俺は第二王子という身分ゆえ、兄上の身に万が一のことがあれば国を統べる者になる。おのずと婚姻も国の利となるものでなければならないとわかっていたが、どうしてもラシェルが欲しかった。あんな一方的な思い込みだけで、死ぬほど強烈な味を覚えさせられたんだからな。忘れろと言う方が無理な話だ。でも、俺の申し出は一足遅く、そなたはナルシスとの婚約を結んだ後だった」

わずかな差で手が届かなかったことを、アシュラフはずっと悔いていたというのか。

「ナルシスは、俺が迂闊な行動をしたことで、ラシェルに興味を持ったことに勘づいたのだ」

「それは何ですの？」

問いかけると、アシュラフが愛おしげに目を細めた。

「帰国の際、俺は見送りの中にそなたの姿を探した。エルデー公爵と別れの言葉を交わしながらも小さな恩人に会えなかったことに落胆した。あのときは、一言感謝の言葉を伝えたかったのだと思っていたが、本音はもう一度、そなたに会いたいと思っていた。ナルシスはそんな俺の様子を注意深く見ていたに違いない。ナルシスとの婚約が決まったのは、我々が帰国した直後だったはずだ」

今の話が事実なら、ナルシスがラシェルを許嫁に指名したのは、アシュラフが理由なのではないだろうか。

「陛下とナルシス様はどういうご関係なのですか？」

ラシェルが考えているような関係なら、きっとナルシスはライバルの鼻を明かしてやりたいと思っていたはず。

「昔、その高すぎる鼻をへし折ってやって以来、一方的にひがまれている」

（やはり……）

ナルシスのやりそうなことだ。

アシュラフがロクツァナ国を訪れたとき、ナルシスと剣の手合わせをしたことが、恨みを買った理由だとアシュラフは言った。

ナルシスは自己評価と自己肯定感だけは山のように高く、加えて自身の容貌に絶対的な自信を持っていた。自分以上に美しい男はいないと自負していたくらいだ。

まさに、井の中の蛙《かわず》だったのだ。

国が招いたハバル国第二王子は、神獣の化身と謳《うた》われる美少年。すべてにおいてナルシスを上回っていたはずだ。剣の腕も、王子としての品格も人望も、ナルシスがもっとも自信を持っていた美貌においても格上だった。

それは、ナルシスの自尊心を大いに傷つけたに違いない。

自分が最上だと思っていたところに、さらに上をいく存在が現れたからだ。

「……申し訳ありません」

「そなたは詫びるな」

思わず謝罪を口にすると、アシュラフがぴしゃりと撥《は》ねのけた。

「ですが、我が国の王太子で、私の許嫁だった方です」

「もう違うだろう。あれを庇《かば》う言葉があるなら、俺に愛を囁け」

なんて横暴で強引な要求だろう。

他の男など気にかけるな、と独占欲丸出しではないか。

子どもみたいなわがままに、じわじわと頬が熱くなる。

けれど、これで自分がナルシスの許嫁になった経緯がわかった。何一つアシュラフに敵《かな》わなかったナルシスが、一矢報いたのがラシェルとの婚約だったというわけだ。

「だとしても、理由も言わずいきなり私を攫《さら》うのはやりすぎだと思います。本当に怖かったのですよ」

改めて、あの日の不安を口にする。

言えない事情があったことも理解しているが、ひと言言わずにはいられない。

「正直に話したら、ラシェルは納得したか？　使命感にがんじがらめになって、周りが見えなくなっていたそなたには、何を言っても無駄だと思った」

「そうかもしれませんが――っ」

「でも、強引だったことは認める。――すまなかった」

「陛下……」

謝罪を口にする彼に、ラシェルは首を横に振った。

最初に心を許せなかったのは、アシュラフが自分を攫ってきた傲慢で勝手な人という印象が拭《ぬぐ》えなかったから。けれど、今は違う。

彼はすべてを正しく理解していた。その上で、自分が憎まれ役になることで、ラシェルの目を新しい道へ向けさせようとしてくれていたのだ。

こんなにもラシェルのことを案じ、心を砕いてくれた人がいただろうか。

アシュラフの前でなら、自分は泣けるのだ。

「そなたを王族にだけはさせたくなかったからな。――覚悟していたのだろう？　自分の行く先には断頭台しかないと」

「――ッ」

図星を指されて瞠目すれば、「可哀想《かわいそう》に」と髪を撫でられた。

「ロクツァナ国王家がそなたらの婚姻を早めたのは、クーデターの情報が漏れたからだ。どれほど慎重にことを運んでも、内通者は必ずいる。そこから情報が漏れたのだろう」

だから、攫うしかなかった。

告白に、ラシェルはそれ以上抗議の声を上げることはできなかった。

「ラシェルは俺の心臓、俺の人生。生きる意味だ」

彼のすべてこそ自分だと言われて、戸惑った。

「それに、もうこの腹には俺の子が宿っているかもしれないしな」

耳許で囁かれた言葉に、みるみる顔が赤らんでいく。

「へ、陛下っ」

顔を上げると、孔雀の羽根模様の瞳が熱っぽく煌めいている。

「もう一つ告白すれば、はじめてラシェルを抱いた夜、俺は感動のあまり箍《たが》が外れていた。変態で悪かったな」

「な――っ⁉」

まさか声にもならないほどの、あの小さな愚痴を拾っていたなんて。

(本当に獅子なのではなくて⁉)

口をぱくぱくさせていると、破顔したアシュラフが「可愛いなぁ」と大きな手で頬を撫で、親指の腹で唇を撫でられた。

「愛している」

指が唇を割り、下唇を押しやる。世紀の美貌は、こんなときでも美しかった。

「全身全霊で愛している」

かかる息に、ラシェルはどうしても顔を背《そむ》けることができなかった。

◇◆◇

アシュラフから難民孤児院の手伝いをしないかと言われたのは、街へ出た日から五日ほど経った頃だった。

「人手が足りないと要請があったのだが、どうだ？」

朝食の席での提案に、ラシェルは目を瞬かせた。

「私がですか？」

てっきり、先日の外出は限定的なものだと思っていただけに、アシュラフの提案に驚いた。孤児院へ手伝いに行けば、それだけ逃げ出す機会を与えてしまうことにもなる。

（私は陛下の信頼を得たというの？）

戸惑うと、アシュラフが「そうだ」と柔《やわ》らかな表情で目を伏せた。

「そなた、得意であろう？　それに、他国の言葉も話せる即戦力になる者が欲しいと言われてな。そなた以上の適任者が思い浮かばなかった。ラシェル、行ってくれ」

提案が決定事項になっている。

それでも、外に出て誰かの手助けをできることが嬉しかった。後宮は住みやすい場所ではあるけれど、宮殿の奥深くに大事にしまわれ蝶よ花よと愛でられるより、自分は誰かの役に立っていたい。

「はい！」

力強く返事をしたラシェルの心は久しぶりに浮き立っていた。

アシュラフが政務へ出かけると、ラシェルも早速孤児院へ行く準備を始めた。

服装は動きやすさを重視したものを侍女たちに選んでもらい、蜂蜜色の髪は後ろで一つに括《くく》った。アーヤたちの他、先日と同じ護衛を付けて街へ降りる。アシュラフが用意していたお土産を携えて孤児院を訪れると、彼らは一斉にお菓子に飛びついてきた。

「みんなの分はちゃんとあるから、順番よ」

一通りお菓子を配り終えたのち、ラシェルは施設の責任者である女性と面会した。

「こちらを管理しておりますナウラです。早速のご協力ありがとうございました」

痩軀《そうく》で長身の彼女は、糸みたいに細い目でラシェルを見た。

「ラシェル・フォートリエです。精一杯務めさせていただきます」

スカートの裾《すそ》を持ち上げ挨拶《あいさつ》をすると、ナウラは「ラシェル様とお呼びしても？」と淡々とした声で告げた。

「はい。もちろんです」

「それでは、ラシェル様。はじめに申し上げておきます。ここでは身分は必要ありません。よって特別待遇も一切いたしませんのでご承知ください」

「なー―っ、それはあまりにも失礼ではありませんかっ」

そっけない口調での宣言に、アーヤが食ってかかった。

「いいのよ」

「ですがっ」

気色ばむ侍女に首を振り、ラシェルはナウラを見据《みす》えた。

「かまいません。私も同じことをお願いしようと思っていたので助かります」

身分や権力は有事のときにこそ使うものであり、やみくもに振りかざすものではない。

ラシェルが何のためにこの場所に来たかを思えば、ナウラの判断は正しいことなのだ。

「よろしくお願いします」

彼女は事前にラシェルが何者であるか知らされているのだ。そして、これがお嬢様のお遊びでないことを伝えようとしているに違いない。

アシュラフがどのように自分のことを話したかはわからないが、ナウラの様子からしてラシェルが来たことに多少の不満を抱いているのは明らかだ。

(絶対、期待に応えてみせる)

せっかく、アシュラフがくれた機会だ。何もできないと思うのなら、できることからやればいい。少なくとも、アシュラフだけはやれると信じて送り出してくれた。

ならば、全力で取り組むまで。

「それで、私は何からすればいいでしょう？　一番手の足りていないことを教えてください」

俄然《がぜん》やる気になったラシェルに、ナウラは細い目をさらに細めた。

「――こちらです」

そう言って、案内された場所は、洗濯場だった。

「これは……やりがいがありそうね」

洗濯物が詰まった籠《かご》で占領された洗い場に唖然とすると、アーヤが目の前に立ち塞がった。

「このような重労働をラシェル様にさせるなんて――っ。ここは私たちだけでやれますので、ラシェル様は子どもたちと遊んでいてください」

「駄目よ、三人でした方が早いに決まっている。それに、私。洗濯は好きなのよ。さぁ！張りきって始めましょう」

号令と共に腕まくりをすると、ラシェルは一番手前に置いてある籠を手に取った。

それからは目の回るような忙しさだった。

洗濯をしている最中でも子どもたちは「遊んで」とやってくる。まだ伝い歩きもできない子は背中におぶってあやした。

庭の一角に洗い立ての洗濯物がはためく様は壮観で、気持ちが晴れ晴れする。だが、一息つく間もなく食事の準備が始まった。

食堂に人数分を並べ、一人で食べるのがままならない子の介助をしながら、他の子たちの話し相手にもなる。ナウラは孤児院だけでなく、必要とあれば他の難民たちのいる区画へも顔を出し、彼らの様子を見ていた。

この施設に集う難民は一定期間しか留まることが許されないため、仕事の斡旋《あっせん》や、病気を患《わずら》っている者には病院の手配をも請け負っている。

誰かの指示を待つまでもなく、することは次から次へと溢れてくるのだ。まるで戦場だ。

一日を終える頃には、ラシェルはすっかりくたびれてしまっていた。

けれど、この疲労感は嫌いではない。

誰かのために働けることの喜びを噛みしめていた。

そんな日が、二日、三日と過ぎ、五日も過ぎた頃には、施設の子どもたちもラシェルに懐いてくれた。

ラシェルに笑顔を向けられたくて、白く華奢《きゃしゃ》な手で頭を撫でてほしい子らが、こぞって手伝いを買って出るようになる。

「ラシェル！　薪《まき》を運んでおいたぞ！」

「まぁ、ありがとう！　さすがね、力があるわ」

「ラシェルっ、私はみんなのお皿を並べたのよ」

「どうもありがとう。なんて気が利くのかしら！」

子どもたち一人一人の声に盛大に喜んでみせると、彼らは得意げに頬を紅潮させた。

「ラシェル様、こっちを手伝ってくれる？」

「はい！　今行きますっ」

最初は遠巻きにラシェルを見ていた有志者たちも、どんな仕事にも積極的に加わる姿に、次第に仲間として受け入れてくれるようになった。

子どもたちの食事の準備をしながら雑談に花を咲かせ、ハバル国の庶民の暮らしぶりを聞く機会も得た。

ラシェルが知りたいと思っていた市井《しせい》の様子は、どの話題も興味深いもので、彼らがアシュラフの政策に感謝していることが伝わってくる。

それまで、一般的でなかった大衆浴場をアシュラフが建設したことで、病気に罹《かか》る者が激減したことや、特産物に関税をかけてくれたことで、民たちの納める税が減ったことなどだ。

それは不思議と、ラシェルを誇らしげな気持ちにさせた。

一日の奉仕活動を終えて宮殿に戻ったラシェルが、アシュラフにその日あったことを話すのも、最近の日課になりつつあった。

話題が増えたことで、アシュラフとの時間がぐっと楽しくなった。

今では、彼がやってくるのを、心待ちにしている。

なぜなら、アシュラフは彼独自の視点でラシェルが思ってもみなかった意見を言うからだ。

主観的になりがちな話を、彼は客観的な視点で聞いてくれる。

それは、公平な目で常に国を導く者だからこその能力なのだろう。

彼の言葉はどれもラシェルの心を引きつけた。

アシュラフの考え方、彼の声音、意見を述べるときの堂々とした姿に視線が釘付けになる。

時には夜が更けるまで、アシュラフと意見を交わしたりもした。

自分の世界が広がっていく感覚に心が躍る。

これまで一人で頑張ってきたことが、ハバル国ではみんなで協力しながら行うことができる。

意見を交わすこと、協力し合うこと。

ラシェルは、自分が人と関わっていくのが好きなのだと気づいた。

心から湧き上がる喜びは、ラシェルの美貌を笑顔で彩《いろど》る。

花開くような可憐な表情に、誰もが目を奪われた。

◇◆◇

今日もアシュラフは、楽しそうに施設へ出かけていくラシェルを政務室から眺めていた。

最近の彼女との話題は、もっぱら施設のことばかりだ。

今日は子どもたちと鬼ごっこをしたとか、施設へ手伝いに来る女たちが塩の値段が微妙に上がったと嘆いていたとか、子どもたちのために学び舎を開くのはどうかだとか。

目を輝かせて夢中で話す様子は可愛いが、自分以外のものに熱を上げる彼女が憎らしい。

「どうしたものか」

持っていたペンの先でがりがりと頭をかくと、目の前に立つ宰相《さいしょう》が冷たい目を向けた。

「政務をなされればよいと存じます。ご覧のとおり、目を通していただく書類がこちらに」

そう言って、宰相が手で示した先は、政務机の上。アシュラフを囲む城壁のごとく書類の山が連なっていた。

「……どうにかならぬか」

政務をおろそかにしているわけではない。むしろ精力的に取り組んでもなお、これだけの案件があるとはどういうことだ。

げんなりして、アシュラフが乱暴に椅子へ腰を下ろした。

「そうおっしゃるのなら、まずは陛下の独断専行の性格を改めるべきかと。ここからここまではロクツァナ国を支配下に置くための手続き、各国への連絡、関税の手続き、債権に関し制定される条例案。――自業自得ですね」

机の半分ほどを占領する書類を指し示した宰相の冷めた顔ときたら、見ているだけで身震いがする。

わかっている。

この猛烈な忙しさが、アシュラフがことを急いだがための皺寄せだということくらい。

クーデターは成功に終わったが、そのせいでロクツァナ国民がハバル国へ流れてきたのも事実だ。ロクツァナ国王家が民衆の手で打ち落とされ、国の行く末に不安を覚えるのも致し方ない。少しでも豊かな国へ逃げたいと思うのは人の心理だ。

「惚れた女を得るためとはいえ、難儀な道を選ぶからですよ。いっそ奪ってしまえばよかったのでは？」

クーデターに加担するという地味で遠回りな手段ではなく、ロクツァナ国からラシェルを奪い取ればいっそ簡単だったろう。

だが、その先にあるのは？

「それをすれば、あれの心は永遠に手に入らぬ」

望まぬ戦で血を流すのは、アシュラフやラシェルではない。罪もない民たちなのだ。

アシュラフはラシェルをわかっているつもりだからこそ、この道を選んだ。

だが、そんなアシュラフの憂鬱《ゆううつ》を、宰相が笑った。

「おや？　陛下はご自身の愛に自信がおありではない様子。敵国の王となっては愛されぬと不安なのですか？」

「あれは愛を知らぬ女だ。民のために生き、自己犠牲こそ人生の幸福であると思い込んでいる。だが、それほどまでにラシェルは民を想っている。その想いを、彼女を愛する私が無下《むげ》にすることはできぬ。ならば、あれが背負ってきた荷は私が引き受ける」

愛しい女が慈しむものなら、自分も同じ情を抱こう。

その細腕で抱えきれない責務など、とっとと奪い去ってしまえばいい。そして、身軽になってはじめてラシェルは、自分の人生を見つめ直すことができるだろう。

彼女にとっての幸福とは何か。

必ずアシュラフの存在こそが生きる意味だと、言わしめてみせる。

「恐ろしい。もはや執着ですよ」

「何とでも言え」

嫌そうな顔になった宰相を鼻先で笑い飛ばし、書類の山に手を伸ばした。

仮にラシェルが一緒に逃げてと言えば、何をおいても叶えてしまうだろう。喜んで王座を投げ出し、放浪の旅に出る。彼女さえ側《そば》にいれば、自分は満たされることをもう知ってしまった。

ならば、彼女と引き換えにできるものは、この世に存在しないということ。

ラシェルの心を得られる日が待ち遠しくてならない。

アシュラフの百面相を不気味なものを見る目で見ていた宰相が「ロクツァナ国から報告が上がってきております」と持っていた書簡を出した。

ロクツァナ国王家は、王妃以外の女子どもは生涯幽閉、それ以外は処刑されたが、第一王子ナルシスだけはクーデターに紛れて国外逃亡を果たし、現在行方不明となっていた。

「どういうことだ」

表情を険しくさせると、宰相が硬い口調で答えた。

「ナルシスには影武者がいたとの証言を得ております。処刑されたのは偽物でした」

「影武者であったという確証はあるのか？」

「拘束した貴族の一人が刑の軽減を求めて訴え出ました。証言をもとに調査したところ、ナルシスの自室から隠し通路が見つかり、影武者が使用していたと思われる部屋が見つかりました。そこに残された手記には、ここ数年の公務は影武者が行っていたことが記載されておりました」

「どの程度の人間が影武者の存在を把握していた？」

「王と王妃以外には、ナルシスと懇意にしていたごく一部の貴族だけのようですが、王と王妃に至っては刑が終わっておりますので、証言を得ることができませんでした」

忌々《いまいま》しさに、舌打ちが出た。

迂闊だった。ロクツァナ国の貴族すら騙せるほど完璧な影武者がいたという情報までは、アシュラフには入ってきていなかったからだ。

「だが、容認はしていたのだろう。懇意にしていたという貴族らはナルシスの居場所について何か知っていたか？」

「そちらも、刑が終わっております」

「影武者の手記に手がかりはないのか」

降って湧いた難題に、頭が痛い。あの男はどこまでアシュラフを苛立《いらだ》たせれば気がすむのか。

「はい。いくつかの国名が記されていました。こちらが手記です」

手渡された手記は、手のひらほどの大きさしかなかった。一国の王子の影武者になった男だ。秘密の漏洩には細心の注意を払っていたに違いない。それでも手記をしたためていたのは、自分の存在を示したかったのか、ナルシスが自分を切り捨てようとしたときの切り札として残していたのかのどちらかだろう。

「捜索隊を出しておりますが、いまだ有力な情報を得られておりません。今現在もどこかに身を隠しつつ、報復の機会を待っていると考えるのが妥当でしょう」

アシュラフは手記をパラパラとめくりながら、空笑いをした。

「あれは私を嫌っているからな。こたびの件で腸《はらわた》が煮えくり返ってるはずだ」

十二年前の暗殺未遂事件の真の黒幕こそナルシスだとアシュラフは考えている。

短絡的で短気なナルシスは、一国の王子が他国の王族を手にかける危険性について深く考えることすらできなかったに違いない。戦になれば、ロクツァナ国がハバル国に敵《かな》うわけがないのだ。だからこそ、ロクツァナ国は黒幕を仕立て上げ、体裁を繕わなければならなかった。

だが、そのことに不満を持っていたナルシスは、ラシェルを自分の許嫁に指名した。理由などエルデー公爵令嬢であったからではない。

アシュラフへの嫌がらせ。それだけだ。

(私を出し抜けて、さぞ愉快だったろう？)

しかし、自分のものになるはずの許嫁は、清々しいほどナルシスに無関心だった。

当然だ。ラシェルは聡明なのだ。

そして、彼女の隣に並ぶにふさわしい男は自分しかいないという自負がアシュラフにはあった。

(ラシェルは私のものだ)

そのとき、アシュラフは手記に記された一文に目が留まった。

「して、どの国がナルシスを匿《かくま》っていると考える？」

「ロクツァナ国の同盟国であるグルニーテ国が有力かと。ナルシスは交友関係の広さで有名だった方。とりわけグルニーテ国へは頻繁に外遊をしておりました」

「外遊ね」

政治的な目的ではなかったのは、手記を見る限り明らかだ。

近年、影武者が公務を務めていた理由も、この外遊が関係しているに違いない。

ナルシスは、身分ある者が持つ傲慢と快楽への執着を具現化したような男だったが、大人になり歯止めが利かなくなった、というところだろうか。

気にかかるのは、沈黙を保つグルニーテ国だ。

ロクツァナ国の同盟国ならば、内情もあらかた把握していたはず。にもかかわらず、静観し続けてきたのには必ず理由がある。

(自滅を狙っていたか?)

十二分にあり得る話だが、彼らがロクツァナ国を欲する理由は何だ。領土の拡大だけだとするなら、説得力に欠ける。

ロクツァナ国が繁栄していたのは、過去のこと。港が廃れ、特産であったマルフィアの木も枯れ果てた大地を得ても、負債を抱えるも同じだ。

グルニーテ国にそれほどの余力があるとは考えにくい。

「グルニーテ国でナルシスと友好関係にある者は?」

「オディロン伯爵です」

そう言った宰相が視線を手記へ落とした。彼もこれに目を通しているのなら、厄介《やっかい》な理由が何なのか想像がつく。

「やはりザリだな」

ザリは中毒性のある薬だ。

幻覚と快楽をもたらす麻薬は、退屈を弄《もてあそ》ぶ貴族たちにとっては極上の享楽《きょうらく》になる。

ナルシスが公務を影武者に任せた理由こそ、ここにある。

頻繁にグルニーテ国へ外遊していた目的は、ザリの調達に違いない。そして、オディロン伯爵にはザリを貴族たちに広めているという噂《うわさ》がある。

ここから導き出される結論は、ナルシスはもう正常な判断ができないくらい薬浸けにされているということ。

伯爵は王太子といういい傀儡《かいらい》を手に入れたのだ。

「国境の検問を強化させろ。グルニーテ国からの入国者に警戒するよう伝えるのだ。施設周辺の警護を強化し、難民たちに不審な動きをする者がいないか警戒に当たらせろ」

施設を集中的に警護する理由は、そこにラシェルが通っているからに他ならない。

「ラシェル様の施設通いを当面禁止されるべきです」

民との交流は、確実にラシェルに生きる希望の種を植えた。

自分のしたいこと、やりたいこと、ラシェルは、はじめてそれらを摑もうとしている。

毎日楽しそうに施設での話をするラシェルが可愛い。

一生懸命な姿は愛くるしくてたまらない。

それこそ、彼女に撫でられる子どもたちに嫉妬《しっと》心を抱くほどだ。

子どもたちの話をする彼女の顔は、慈愛に満ちている。それほど子どもが好きなら、いくらでも自分との子を産んでくれればいいのに。

協力は惜しまない。むしろ積極的に励む自信がある。

もうどれくらいラシェルを抱いていないだろう。

すっかり奉仕活動に生きがいを見出した彼女は、自分がアシュラフの寵妃である事実を忘れているに違いない。

何よりも大事なラシェル。

だからこそ、誰にも奪われてなるものか。

本当はどこにも出さず、誰にも見せず、宮殿の奥深い場所で、アシュラフだけを想い、愛されていてほしい。

時に厳しく、そして抱かれているときは淫らになる声で、「愛している」と囁いてくれないだろうか。

ひと目見たときから、アシュラフは彼女に夢中だった。

「――致し方ないか」

ナルシスは、アシュラフがもっとも苦しむ術で報復してくるだろう。それは、ラシェルの身に危険が迫っているということだ。

ナルシスの息がかかった者が、いつ難民に紛れ込んでこないとも限らない。

危険がある以上、ラシェルを施設に通わせるわけにはいかなかった。

（ラシェルに傷一つでも負わせてみろ。地の果てまで追いかけてでも――殺してやる）

【第三章：新たな出会いとはじめての嫉妬】

ラシェルは午前中いっぱいを休息に当てたのち、遅い昼食を終えると、侍女たちを連れて、宮殿内を散策していた。

昨夜は、久しぶりにアシュラフに求められ、足腰が立たなくなってしまったからだ。

起き上がることもままならないのに、どうして施設へ行けるだろう。

寝台から動けずにいるラシェルに、アシュラフは満足げな顔をして今日を休息日にするよう告げた。

（ナウラに怒られてしまうかしら）

人手が足りないからラシェルが行っているのに、急な欠勤は他の者たちに迷惑をかけてしまうに違いない。

ナウラの無表情な面立ちを思い出したラシェルは、一人震《ふる》えた。

それもこれも、全部アシュラフがいけない。

（確かに、ここしばらくは施設での活動が楽しくなっていたのは否めないけれど）

『私を蔑《ないがし》ろにするとは、教育のし直しだな』

昨夜も施設であったことを話していたラシェルに、彼は突然そんなことを言ったのだ。あぐらをかいた膝に肘をつき、物言いたげな表情をしているわりには孔雀《くじゃく》の羽根模様の瞳は妖しい光で潤んでいた。

『そなたは、私の愛の告白を忘れているようだ』

そう言って、出窓に押しつけられ後ろから熱い精をたっぷりと注ぎ込まれたのは、昨晩のこと。

アシュラフと過ごした濃厚な夜を思い出すと、最近は子を孕《はら》む場所がきゅんと疼《うず》く。もう無理だと泣いて懇願したはずなのに、彼の欲望で突かれた奥が燻《くすぶ》り出す。

（私の身体はどうなってしまったの）

腹部に手を当て、こみ上げるほのかな劣情に一人耐えた。

彼の大きな手の感触や、肌を擽《くすぐ》る髪の柔《やわ》らかさ、筋肉質でありながらもなめした革のように滑《なめ》らかな肌触りの体躯《たいく》をどうしてこんなにも欲しているのだろう。

『ラシェル』

「――っ」

熱っぽさを孕む彼の声を思い出しただけで、悦楽が身体を甘い痺《しび》れで震わせた。

（あ、あぁ……、陛下。私、どうしたらいいの……）

そのとき、風がラシェルの思いに答えるように、アシュラフの声を運んできた。

(え……、陛下?)

聞き間違いかと、声がする方に目を向けると、中庭には政務に出たはずのアシュラフとリーンがいた。息子のディヤーの姿はない。

ラシェルの肩をむき出しにしたうす水色の軽やかなドレスとは対照的な、黒いドレスで全身を包む彼女は懸命に何かを訴えているようにも見えた。

黒は故人を偲《しの》ぶための色。リーンがそれを纏《まと》っているのは、先王のためなのだろう。

(綺麗《きれい》な方ね)

飾り気のない極限まで肌の露出を控えたドレスだが、その分禁欲的で、女性的な柔らかい曲線を描く肉体の美しさが際立つ。艶《つや》めく長い黒髪は、いっそうリーンを儚《はなか》げに見せていた。

(何を話しているのかしら?)

彼女は先王の寵妃《ちょうき》。正式ではないにしろ、家族に等しい人と間違いが起こるわけがないと思っていても、近すぎる二人の距離感に胸の辺りがもやもやした。

足を止めて二人の様子を見ていると、アシュラフが彼女を優しく抱きしめた。

「――っ」

今朝までラシェルを抱きしめていた手が、今は別の女性に触れている。

その事実が、ラシェルを傷つけた。

同時に、どうして自分がこんなにもショックを受けているのかがわからなかった。

リーンたち親子が今も宮殿内に留まっている理由も、ラシェルは理解していた。

彼にリーンへの特別な好意はない。

けれど、――リーンは？

アシュラフを見つめる潤んだ眼差しは、義弟に向けるにふさわしいものだろうか。そこに下心は含まれていないと、言いきれるだけのものはない。人の心は、その人にしかわからないからだ。

「――行きましょう」

それ以上、二人の仲睦《なかむつ》まじい様子を見ていたくないから、その場を離れると決めた。

「……ラシェル様」

気遣わしげな侍女たちの声が背中から追いかけてくるも、今は振り向くことができなかった。

表情を取り繕うなど造作もないことなのに、どうして今はできないのだろう。

ただ「大丈夫」と笑えばすむ話ではないか。

（嫌な気持ち……）

心がむかむかする。

アシュラフはラシェルのものではない。

同時に、自分も彼のものになった覚えもないのだ。

だから、アシュラフが誰と何をしようと、自分には関係ない。

ざわめく心を代弁するかのごとく、次々ともっともらしい理屈が浮かんでくるも、どれ一つとしてラシェルを納得させることはできなかった。すべてがとってつけた言い訳にしか聞こえないのはなぜ。

どうして、こんなに憂鬱《ゆううつ》になるのだろう。

(私だけだと言ったくせに――)

一刻も早く二人の側《そば》から離れたくて歩調を速めた。その直後だ。

「ラシェル！」

ラシェルの頭をいっぱいにした男の声が、ラシェルを呼び止めた。

(あぁ……、陛下が呼んでいる)

低めの声音に、今すぐ応えたくなる。この場に留《とど》まりたいと、身体が言っている。想いに気持ちが引きずられてしまいそうだ。

そんな自分を持てあまし、無理矢理歩調を速めた。

「待て！」

早足だったのが、駆け足になった。

「ラシェル様っ⁉」

ついに、侍女たちの制止も無視して、アシュラフから逃げた。

「ラシェル！」

「きゃっ」

伸びてきた手に腕を取られる。アシュラフに抱き込まれるように支柱に追い詰めれた。ラシェルの頭上に手をつき、秀麗な美貌が不機嫌な顔を覗き込んでくる。

ふわりと鼻孔《びこう》を擽った花の香りに、わずかに身体が強《こわ》ばった。普段なら香るはずのない匂いは、リーンのものだ。

知らない香りを纏う彼に、苛立《いらだ》ちが募る。

顔を上げられずにいると、「なぜ逃げる？」と柔らかい口調で尋ねてきた。

「……逃げてなどいません。散歩をしていただけです」

「そなたの散歩は随分《ずいぶん》と忙しないのだな。侍女たちが置いてけぼりを食らっているぞ」

「……お、鬼ごっこをしていた途中なのです」

一瞬の間は、アシュラフが呆気《あっけ》に取られたからだろう。

我ながら下手な嘘だと思う。

でも、口が裂けても本当のことなんて言いたくなかった。

（二人並んだ姿を見るのが嫌だったなんて、――これではまるで、嫉妬《しっと》しているみたいじゃない）

「もうよろしいでしょう？　二人に捕まってしまう前に離してください」

「ならば、私もその鬼ごっこに参加しようか。私が鬼だ」

「陛下っ」

嘘を真に受ける意地の悪さを睨《ね》めつけると、「拗《す》ねているのか？」と言われた。

「――っ」

図星を指されて、びくりと身体が強ばった。その様子に、アシュラフがにやりとほくそ笑んだ。

「ちが……！」

顔を真っ赤にしながら否定の言葉を叫びかけるも、ここで挑発に乗ってしまえば、彼の思うツボだ。

ラシェルはぐっと言葉を呑《の》み込み、挑むような目つきでアシュラフを見つめた。

「そうだと言ったら？」

恋人のように身体を寄せ合う二人に嫉妬をした。

そう言えば、アシュラフはどんな反応をするだろう。

すると、アシュラフは目を丸くして、それから蕩《とろ》けるような笑みを浮かべた。次の瞬間には、軽々とラシェルを横抱きにした。

「きゃあ！」

「愛してる」

ぐぅっと喉を鳴らして頬ずりをする仕草は、まさに猫。いや獅子だ。

金色の柔らかな髪は気持ちいいが、今にも獅子の大きな舌で舐《な》められそうな錯覚に襲われ、ラシェルは慌てて彼の顔を押しやった。

「ま、待ってください！　どこへ向かっているのですか？　嫉妬したとは言っておりませんよっ⁉　聞いておられますか？　陛下、陛下、陛下！」

「アシュラフだ。そなたはこのまま閨《ねや》の中でしか私の名を呼ばぬつもりか？　そういう趣向だというのならやぶさかではないが、そろそろこっちも限界だ。何をすればいい？　お願いしますと言えばいいのか？　それとも、跪《ひざまず》き足先に口づけながら乞《こ》えばいいか？」

「何をわけのわからないことをおっしゃっているのです？　そんなことをされても困るだけです。陛下？　陛下！　政務室はあちらでございますよ⁉」

颯爽と歩き出したアシュラフの行き先に不安を覚えたラシェルが、身体を叩いて行き先を正そうとするも「愛の巣に急げ」とまるで聞いていない。

その間も、興奮気味にずんずんと歩いていってしまう。

「政務をおろそかにしてはいけないと申し上げたはずですっ。ほ、本当に怒りますよ！」

「説教ならあとでしこたま受ける。だから、今すぐ抱かせてくれ」

「な――っ」

ついに直接的な交渉に乗り出してきたアシュラフに、目を白黒させる。

(抱かせてくれと言われても)

昨夜も散々好き勝手にしたではないか。

鼻息荒い姿に、開いた口が塞《ふさ》がらない。

(そもそも誰のせいでお昼まで起き上がれなかったと思っているの?)

冗談じゃない。また濃密な快感を味わわされたら、夜まで起き上がれないのは必至。いや、夕食すら危ぶまれる。

「ラシェルが嫉妬……っ。俺のラシェルが」

「陛下っ、落ち着いてください! 取り繕えておりませんよ」

「幸せになるぞ」

「んっ、んン――ッ!!」

深い口づけに抗議の言葉ごと呑み込まれた。

唇をこじ開けて入ってきた舌に、舌を搦《から》め捕《と》られる。肉厚で柔らかな感触にぞくぞくと痺れるような感覚が背中を走った。

「ふ……、ン」

およそ自分の声とは思えない甘えた声が、息継ぎの合間に漏れる。

ラシェルの感じる場所を狙って攻めてくる不埒《ふらち》な舌先が、またたく間に眠ったばかりの官

能を呼び覚ました。

肌の下を這《は》うざわりとした疼きに促されるように、アシュラフの首に腕を絡めた。

唇が離れていく頃には、下腹部が切なくなっていた。

いったい、自分の身体はどこまで淫らになってしまうのだろう。

泣きたくなる気持ちを潤んだ目に込め、アシュラフを見た。

そんな彼もまた、口づけだけで欲情の火を灯《とも》してしまったらしい。孔雀の羽根模様の瞳が色濃くなり、美貌に獰猛《どうもう》な色香を漂わせながら、ラシェルを見つめている。

『幸せになるぞ』

アシュラフの言葉が強く胸を打った。

ラシェルが幸せにしてあげたい人たちは、みな自分が幸せになることを祈っていた。

誰かの幸せしか祈ってこなかったから、自分の幸せがどういうものなのかも、まだわからない。

そんなラシェルと、彼は幸せになろうと言ってくれる。

ハバル国で暮らしてみて、施設で奉仕活動に参加していく中で、アシュラフが噂《うわさ》どおりの賢王であることを肌で感じてきた。

民たちが笑顔でいられるのは、彼の施政のおかげだ。

かつて、ハバル国を作った神獣の末裔《まつえい》であるというアシュラフの姿は、金獅子と言われるだけあり、雄々しく美しい。

ラシェルはそっとアシュラフを仰《あお》ぎ見た。

愛していると、彼は言う。

一目惚《ひとめぼ》れだったから、攫《さら》ってきたのだとも言った。

けれど、心をすべて預けてしまうには、まだ怖い。

（本当に綺麗なお顔ね）

改めて見る横顔は、世紀の美貌だ。

結婚式当日、ひと目彼を見たときから、アシュラフの存在は異彩を放っていた。

金色の髪は獅子のたてがみを連想させ、男性美溢《あふ》れる凛々《りり》しい顔立ちに、わずかに左右で大きさの違う切れ長の双眸《そうぼう》。たくましい体軀にハバル国の正装を身に纏った彼は、ラシェルが知る誰よりも神々《こうごう》しく華があった。

王たる者の資質を知るには、わずかな時間があれば十分だった。

腐敗しきったロクツァナ国王家とは違う、思わずその場にひれ伏してしまうような圧倒的な覇気がアシュラフからは感じられる。

（そんな人が私を愛していると言うのよ？）

ラシェルは幼い頃に命を救ってくれた恩人なのだと。その姿がまるで天の使いの者のようだったという理由でだ。

彼は恩義と愛情を混濁《こんだく》しているのではないだろうか。

でなければ、十二年もの間、たった一人を想い続けていられるわけがない。彼の周りにはリーンのような美女が何人もいたに違いないのに。

どうにかして、彼の抱く情が恋慕でないと思おうとしている。

（私は、陛下の抱く情熱が……怖いのだもの）

アシュラフといると、自分が自分でなくなっていく気がするのだ。

リーンを抱きしめていたくせに、彼はラシェルを追いかけてきてくれた。その視界には自分しか映っていないのだと思わせる素振りが憎らしくて、嬉しくもある。

どうしてなのだろう。

「アシュラフ様、お待ちくださ――……」

そこへ、追いかけてきたリーンがラシェルたちを見て、はっと息を呑んだ。

「何用だ。リーン殿の願いは私の方で検討してみよう」

彼女を振り返ることもせず、アシュラフが口を開いた。その間も、視線はラシェルから片時も離れない。

ハバル国の王としての口調は、自分と話すときとは声音からして違う。揚々として自信に満ち溢れているが、見えない壁を感じた。

これより先は、立ち入ることは許さない、と気配が伝えている。

「……ありがとうございます」

その場に膝をつき平伏したリーンが、間際に一瞬だけラシェルを見た。

切なげな眼差しに覚えたのは、彼女に対する優越感だ。

アシュラフがリーンではなく、自分を選んでくれたことにほのかな悦《よろこ》びを覚えている。

彼女の見せる寂《さび》しげな表情に、胸を陰らせていたものが消えた。

（こんな気持ちは浅ましいわ）

早くアシュラフを政務室へ戻さなければならないのに、ラシェルはどうしてもアシュラフの手を離したくなかった。


たっぷりと愛されたおかげで、ラシェルは見事疲労感を上塗りしてしまった。寝室にこもったアシュラフは、翌朝までラシェルを離そうとしなかった。夕食は侍女たちが持ってきてくれたものを彼に食べさせられた気がするが、虚《うつ》ろだったこともありよく覚えていない。

それもこれも、気持ちよさそうに隣で寝息を立てている暴君のせいだ。

これでは、今日も奉仕活動ができなくなってしまう。

（それはいけないわ）

ラシェルは腕に力を込めて、重たい身体を起こした次の瞬間。

「ならぬぞ」

身体に絡みついていたアシュラフの腕に、引き寄せられてしまったのだ。

「どこへ行くつもりだ」

寝起きの掠《かす》れ声で問いかけ、アシュラフがゆるりと瞼《まぶた》を上げた。

不思議な色合いの瞳が物憂《ものう》げな眼差しで、見つめてくる。

「今日こそ施設へ行こうと」

「当面は禁止だ。だから、まだ寝ていろ」

そう言って、ラシェルを抱え込もうとする。

「ま、待ってください。禁止とはどういうことですか？　私がまた何かしたからでしょうか？」

逃亡の一件以来、周りに迷惑をかけたつもりはないが、もしかしたら自覚がなかっただけで、過《あやま》ちを犯してしまっていたのかもしれない。

不安になると、「そうではない」と億劫《おっくう》げに髪をかき上げながら片肘をついてアシュラフが身体を起こした。

「ラシェル、ナルシスに影武者がいたというのは真《まこと》か？」

「え？」

唐突に飛んだ話題に、ラシェルは目を瞬かせた。

（ナルシス様に影武者？）

そんな話は聞いたことがない。

だが、アシュラフが言うくらいなら、確証があってのことに違いない。

「その顔からすると、知らなかったのだな」

「――申し訳ありません」

「十年以上あれの側にいて、気づけなかったのか？　不審に思うことくらいはあっただろう」

もっともな追及だったが、ラシェルは何も答えられなかった。

なぜなら、ラシェルは自分の許嫁の顔などろくに見てこなかったからだ。

ナルシス・デュナンという人と結婚するのではなく、ロクツァナ国王太子との結婚だったから、金色の髪に緑色の瞳をした他の者よりは整った顔立ちをした、鼻持ちならない人だという印象以外、特に思い出せることはないくらいナルシスの印象は薄い。

けれど、今にして思えば違和感を覚えたことは何度かあった。

王宮で定期的に行われたナルシスとのお茶会だ。

たいがいナルシスの自慢話に頷《うなず》くだけだったが、ごくたまにラシェルの近況を尋ねてくることがあった。そのときは、口調も心なしか穏やかだった気がする。

ナルシスは気分屋でもあったので、ラシェルはその変化をその場限りの違和感とすることとで、記憶に留めておくことはなかった。

影武者が実在していたのなら、あのとき覚えた違和感の正体こそが、それだったのではないだろうか。

婚約者であったラシェルにすら明かされていなかった影武者の存在を、アシュラフはどのようにして知り得たのだろう。

そして、それを自分に尋ねてきた理由とは何なのか。

身体を起こし、寝台に座るとアシュラフを食い入るように見た。

「クーデターは成功したのですよね?」

「そうだ。王家の血は絶えた。だが、ナルシスだけが国外へ逃亡を果たしていたのだ。現在、行方を追っているが足取りが摑めていない」

「ナルシス様が逃亡――」

なんと愚かな。王族としての誇りすら彼にはなかったのだろうか。

国を傾けただけでなく、祖国の恥を晒《さら》した情けなさには顔を覆わずにはいられなかった。

「あれが心配なのか?」

アシュラフも起き上がり、あぐらをかいた。

硬い声にラシェルは「そうではない」と首を横に振る。

「ナルシス様を恥じているのです」

民を苦しめ、国を傾けた罪を認め、死をもって民に贖《あがな》ってこそ王族ではないのか。

それは、ラシェルが思い描いていた自分の最期でもあった。

民の恨みを一身に背負うことで、彼らの心は未来へ向くことができる。その役目を果たせるのは、王族だけであり王族が彼らにできる最後の償いになるはずだった。

けれど、ナルシスはその機会をも放棄し、逃げた。

クーデターが成功してくれてよかった。

あのままナルシスと結婚し、彼が王座に就いていれば、間違いなくロクツァナ国は滅んでしまっていただろう。そうなる前に止めてくれた父たちにはじめて感謝をした。

「……申し訳ありません」

「そなたが詫《わ》びる理由は何もないだろう」

仕方なさそうにため息をつくと、アシュラフは羽織るものをラシェルの肩にかけた。

「あれは私に恨みを抱いている。必ず私の急所を狙ってくるだろう」

それとラシェルが施設へ行けないこととどう関係するのだろうか。

顔を上げて首を傾げると、アシュラフが苦笑した。

「私の急所はそなただ。ラシェル」

「……え？」

「これだけ愛を注いでも、まだ自覚がなかったのか？」

「そ、れは――」

言葉に詰まると、「愛は難しいな」とアシュラフが一人呟《つぶや》いた。

「ナルシスは、第三の国に潜伏していると思われる」

ラシェルにはすぐに思い当たる国があった。

「もしやグルニーテ国のことでしょうか？」

にやりとアシュラフが口端を上げた。

「察しがいいな。ナルシスに手を貸している者が難民を装い、そなたに近づく可能性がある。これが施設への訪問を禁ずる理由だ」

ラシェルを守るためだ、と言っているも同然の内容に、じわじわと頬が赤くなっていく。

「か、考えすぎということはないのですか？」

「至極まっとうなことだ。建前はどうであれ、私はそなたを誰にも渡したくないがために、国を落とし、結婚するそなたを攫ってきたのだぞ」

平然と言ってのける彼の辞書には、恥じらいという言葉は存在しないのだろうか。

面と向かってラシェルへの独占欲を語られて、どう反応したらいいのかわからない。

狼狽《うろた》えていると、アシュラフにそっと手を握られた。

「愛している」

「――っ」

心に落とし込まれたアシュラフの愛に身体が震えた。

「そなたを失うくらいなら、私は生涯この宮にそなたを閉じ込めるだろう」

向けられる熱い眼差しに囚《とら》われる。なのに、繋いだ手は冷たかった。

（緊張しているから……？）

恐れるものなど何もない覇王なのに、彼はラシェルを失うことを想像して怯《おび》えているのだ。

食い入るように孔雀青色の瞳を見れば、アシュラフがはにかんだ。

ラシェルの手を頬に押し当て、「私のラシェル」と囁《ささや》く。

胸がきゅうっと苦しいのに、愛が埋め込まれた場所からじわじわと広がる感情があった。

（嬉しい）

アシュラフに、これほどまでに求められることに心は歓喜していた。

「――わかりました」

孤児院の手伝いも大事だが、目の前にいる人を放ってはおけない。

「ですが、私にこのことを話してしまってよかったのですか？」

万が一、ラシェルがこの件を誰かに漏らしてしまうという可能性は考えなかったのだろうか。

すると、アシュラフはあっさりと言ってのけた。「まったくない」と。

絶対的な信頼を寄せられていると感じた瞬間だった。

「私のことが好きだからですか？」

困り顔で問いかければ、アシュラフが手のひらに口づけた。

「そなたが我が国に愛着を抱いているからだ」

「え？」

「そなたは一度懐に入れたものを、全力で守ろうとする。それこそ自分を犠牲にしてもだ。そなたの人となりを知っているからこそ、私はこの件をそなたに話すことにためらいはなかった。仮にナルシスが私の命を狙っていたとしても、今この国を導ける者は私以外にいない。ラシェルは決してこの国の民を不幸にしないと確信している」

つらつらと話す内容に、ラシェルは信じられない思いで首を横に振った。

毎晩、アシュラフにその日の出来事を話すのが楽しみだった。思ってもいない視点からの意見を聞くのが楽しくて、時にはラシェルに賛同してくれることが嬉しくて、アシュラフの訪れを心待ちにしていた。

そんなラシェルに、彼もまた好感を抱いてくれていたのだ。

「それに、私のことも嫌いではないのだろう？」

「そ……れは」

今、それを尋ねてくるのはずるい。

口ごもり、どんな言葉を返せばいいのかわからず俯《うつむ》いた。

本当に彼はどこまで見透かしているのだろう。

誰もがラシェルに犠牲になることを求めてきたのに、アシュラフはこんな自分を守ろうとしてくれる。

「私にそなたを守らせてくれ。そして、私の側は安心だということを知ってくれ」

そう言って、アシュラフが人差し指でラシェルの顔を上向かせた。

慈愛と恋慕が入り交じる色の瞳のなんと美しいことだろう。

伝わってくる狂おしいほどの愛情が、心を切なくさせる。

「私の側で笑って暮らせ」

そんな未来を望んでいいのだろうか。

(私は……彼を求めているの？)

何にも脅《おびや》かされず、守られて生きていけたらどれだけ素晴らしいだろう。

自分には愛は無縁のものだと思って生きていた。

でも、この胸に広がる気持ちは何なのだろう。

(これが愛《いと》おしいということなの?)

アシュラフの側にいると、安心する。自分を繕うことなく、ありのままの姿でいていいのではないかとすら思えてくる。

彼はどんな自分でも受け入れてくれるから。

たくましい腕でラシェルを包み込み、この場所は安心できるところだと伝えてくれる。

幸福などありはしないと諦めてきたのに、アシュラフはそれをラシェルに差し出してくる。

アシュラフの想いに応えてみたい。

もっと、彼の側にいたい。

ラシェルに新しい世界を見せてくれる。

ややして、小さく頷くと、アシュラフの表情が歓喜に染まった。

たくましい腕に強く抱きしめられた。

「もっと私を好きになれ」

求められて、悦びが湧き上がってくる。

他の誰でもない。アシュラフだからこそ、こんなにも嬉しいのだ。

(私は――)

怖々と、アシュラフの背中に手を回して、抱きしめた。深く息を吸い、身体全部で彼を感じる。

「私も……あなたのことを、もっと知りたい……」

それは、はじめてラシェルが誰かを望んだ瞬間だった。

【第四章：愛の芽生え】

宮殿生活に戻ったが、ラシェルは暇を持てあますということをしなかった。

アーヤとムルディヤーナに手伝ってもらいながら、施設の子どもたちの服を新しく買い揃え、それらに刺繍《ししゅう》を入れ始めたのだ。

わざわざ、手間のかかることをせずとも、仕立屋にすべて任せればいいことかもしれない。でも、どうしても自分の手で作ったものを贈りたかった。

離れていても、彼らを気にかけているのだということを伝えたかったのだ。

アシュラフに子どもたちへ服を贈りたいと申し出ると、彼は「好きにすればいい」と言った。今は、届いた真新しい服の裾《すそ》にせっせと刺繍を刺している。

「ラシェル様は、裁縫の腕も素晴らしいのですね」

アーヤがラシェルの手元を覗き込んで、感嘆の声を上げた。

今、刺しているのは赤い刺繍で描く蔦《つる》だ。裾の周りをぐるりと一周させて、黄色の小花を散らせるつもりだ。

「妃教育の一環でしたもの。ロクツァナ国では新婦は夫となる人に想いを込めて、タペストリーに刺繡をしたものを贈るの」

「へぇ！　刺繡はどういうものを選ぶのですか？」

「そうね」

手を止め、ラシェルは顎《あご》に指を置いた。

幸せを願うなら月桂樹、変わらぬ愛は太陽。子宝に恵まれることを望むなら麦と、願いを象徴するものを刺すのがほとんどだ。

ナルシスへは王家の紋章を刺した。

派手な色を使ってできたタペストリーは、派手好きのナルシスらしさがよく出ていたと思う。

王族だからという理由で選んだ図柄に、込める感情などなかった。

今では、最後に見た彼がどんな様子だったかも思い出せない。

(影武者がいたなんて知らなかったわ)

ナルシスの側《そば》にいた時間の長さなら、断然自分の方が長いのに、アシュラフに言われるまでそのことに気づけなかった。

彼の許嫁《いいなずけ》という名ばかりの肩書きはあっても、ナルシスがどんなことをしていたかなどほとんど何も知らない。

改めて、自分はナルシスにどんな興味も抱いていなかったことを思い知らされた。

「陛下には贈られないのですか？」

「え……？」

ムルディヤーナの言葉に目を瞬かせると、「とても喜ばれると思いますよ」と言われる。

「お好きなのでございましょう？」

「す――っ⁉」

侍女がさらりと告げた言葉に、虚《きょ》を衝《つ》かれた。

好きではない。と言いきれていたのは、過去のこと。

アシュラフを知り、彼の心に触れた今、ラシェルもまた彼を想うと恋しさが募る。

じわりと赤くなったラシェルを見て、侍女二人がくすくすと笑った。

「毎晩、陛下のお渡りを心待ちにしていらっしゃるラシェル様はとても愛らしく見えました」

「そうそう。目をキラキラさせて施設での話をするラシェル様を見つめる陛下のだらしない表情ったら、たまりませんっ」

「そ、そんなに⁉」

優しい顔をしていたのは知っていたが、あれがだらしない表情だったのか。

「陛下はラシェル様の前では別人ですから。まるで金獅子を侍《はべ》らす美女と言いましょうか、とても幻想的で可愛《かわい》らしい雰囲気なのです」

「幻想的かどうかは置いておいて、陛下のあれほどリラックスした姿を拝見したのは、ラシェル様がいらしてからでございます。お心をお許しになっている証拠でございましょう。ラシェル様も、こちらにいらっしゃった頃よりずっと優しいお顔をされるようになられましたわ」

思い当たる節がある分、否定もできない。

アシュラフと過ごす時間が、ラシェルの凝《こ》り固まった心を解きほぐしてくれた。

彼がいなければ、自分のしたいことになど気づけもしなかっただろう。

国のために命を懸けることしか知らなかった、あの頃にはもう戻りたくない。

ラシェルは人と話すこと、人と関わり合って生きていくことが好きだったのだ。

それらを教えてくれたのは――アシュラフ。

「……好き、……なのだと思います」

消えるほど小さな声でアシュラフへの愛を告白した。

はじめて言葉にした思いは、驚くほどすんなりと心にはまった。

ますます真っ赤になってしまった顔を両手で隠すと、侍女たちが「まぁ！」と歓声を上げる。

「でしたら、なおのこと贈り物をするのですっ。そして、愛の言葉と共にお贈りすれば間違いありませんよっ」

「あ、愛の言葉も⁉」

どうしてタペストリーだけでなく愛の言葉も贈ることになったのだ。

「もちろんです！　タペストリーを贈る意味をお伝えするだけでもいいかもしれませんが、愛の言葉を告げることでよりラシェル様のお心がしっかりと陛下に届くからです！」

力説するアーヤは、まるで自分のことのように真剣だ。

「で、でも。私は愛の告白などしたことないわ」

「だからこそですよ！　殿方はなぜか恋人のはじめてを喜ぶものなのです！」

「そ、そうなの？　知らなかったわ……」

もし、それが本当ならアシュラフは今までいくつラシェルのはじめてを勝手に奪っていったろう。

はじめて肌を合わせたのも、口づけをしたのも、心に踏み込んできたのも、喧嘩《けんか》をしたのも、全部アシュラフだ。

「作ったら受け取ってくれるかしら？」

そのとき、彼はどんな顔をするのだろう。

喜んでくれるといい。

「何か布はある？　色はそうね、白色がいいわ」

「今すぐお持ちいたします！」

意気揚々とアーヤが駆けていく。

アシュラフへ贈る刺繍の柄は決まっている。ハバル国を創ったと言われる神獣だ。

金色のたてがみは彼の髪のように豊かに、乙女を見つめる双眸《そうぼう》はアシュラフと同じ孔雀《くじゃく》色だ。以前、史実で読んだ乙女と人獣が番《つがい》となり寄り添う場面を、一針ずつ思いを込めて刺していく。

どうか、千年先もハバル国が豊かでありますように。

アシュラフが幸せでありますように、と。

不思議だ。

針を通していくごとに、アシュラフとの未来を想像する。彼の腕の中で幸せそうに笑う自分が思い浮かぶのだ。

彼の庇護《ひご》のもと、彼の愛を受けながら彼との子どもを産み育てる未来が見えた。

現実になったなら、どれほど素敵だろう。

何の付加価値もないラシェルを必要としてくれた人との未来は、目映《まばゆ》いばかりに輝いている。

ナルシスに作っていたときには、退屈で仕方なかったのに、今は完成が待ち遠しくてならない。

夢中でアシュラフへの贈り物を作るラシェルの両脇では、侍女二人が子どもたちのための服に刺繍を刺す。

ときおり、二人に感想を求めながら作るタペストリー作りは楽しく、ラシェルはアシュラフが寝た後も一人起きては、作業を続けた。

一日でも早くアシュラフに渡したかったからだ。

きっと花嫁たちも同じように寝台から抜け出しては、愛する人のためにタペストリーを作ったに違いない。

おかげでここ数日はすっかり寝不足になってしまったが、作業をはじめてから十日ほどでタペストリーが完成した。

「どうかしら？」

抱えるのに丁度いい大きさのタペストリーを侍女たちに見せた。

「素晴らしい出来映えです。必ずお喜びになられますよ」

「絶対、今夜お渡ししましょう！」

侍女たちの頼もしい声援に背中を押され、ラシェルもまた「うん」と頷《うなず》いた。

その夜、ラシェルはアシュラフが来るまでの間、父からの手紙を読んでいた。

ラシェルに幸あれ。

短い言葉を、ラシェルははじめ決別の言葉としか受け止めることができなかった。

けれど、果たしてそうだったのだろうか。

共に過ごした時間は少ないが、父はラシェルを蔑《ないがし》ろにするような人ではなかった。いつだって、ラシェルの身を案じ、過酷な運命を課したことに苦しんでいた。

父の苦痛を肌で感じていたからこそ、ラシェルはこの道こそが自分の歩くべき人生なのだと思うようになった。

父の苦しみが少しでも軽くなればいい。

長い年月をかけて、それが自分の使命なのだと錯覚するようになったのだが、――もういいだろうか。

「お父様。私、幸せになってもいいですか？」

ロクツァナ国は新たな歴史へと一歩を踏み出そうとしている。

ならば、自分もまた歩き出すときなのだ。

誰に強制されることのない、ラシェル自身が望んで選んだ道。

一人では心細かった道のりも、これからは隣で一緒に歩いてくれる人がいる。

ほら、足音が近づいてきた。

「お待ちしておりました、アシュラフ様」

出迎えたラシェルを見て、アシュラフが瞠目《どうもく》し、絶句した。

「……いかがですか？　アーヤとムルディヤーナが着せてくれたのです」

二人がぜひと言って勧めた衣装は、後宮の妃たちが夜伽《よとぎ》の日に纏《まと》うものだ。

肌が透けるほど薄い布地で身体の線を強調したナイトドレスは、ラシェルが着てきた服の中でもっとも露出度が高い。辛《かろ》うじて下半身と胸元は覆っているが、上半身は首から吊るす形になっているので、いつ乳房が布から零れ落ちるか気が気でない。腰紐で切り返しになっているスカートも横に大きくスリットが入っているため、腰と太股が丸見えだ。

夫が脱がせやすいようにという配慮なのだろうが、いかんせん恥ずかしい。

髪は半分だけ下ろし、編み上げた部分には先日贈られた蝶の髪飾りをつけた。頭を動かすたびに耳元でシャラリ……と軽やかな音が鳴っている。

「──あ、あぁ……」

気の抜けた返事に不安げな顔をすると、アシュラフが片手で顔を覆い、天を仰《あお》いだ。

「天使だ」

「はい？」

アシュラフは髪の毛をかき上げ、大きく深呼吸をする。孔雀の羽根模様の瞳がラシェルを捉えると、蕩《とろ》けるような笑みを浮かべた。

「美しい」

ため息めいた賛辞に、じわりと頬が熱くなった。

「あ、ありがとうございます。普段よりも露出が多いのが恥ずかしいのですが」

ラシェルは、今宵《こよい》ナイトドレスしか身につけていない。

乳房の尖頂《せんちょう》や秘部を隠す淡い茂み部分はやや布地の色合いも濃くなっているが、それでも恥ずかしいことには変わりなかった。

この衣装を着るということは、今宵あなたに抱かれます、と意思表示しているも同然。

幾度となくアシュラフと夜を過ごしてきたが、自分から彼を求めるのは今夜がはじめてだった。

もじもじと所在なげにしているラシェルを、アシュラフは熱っぽい眼差しで見つめていた。

「私のために着てくれたのだろう？」

そう言うや否や、アシュラフの腕に腰を攫《さら》われた。一秒で彼の腕の中に囚《とら》われ、隙間なく身体が密着した。

「……はい」

「よく似合っている」

囁《ささや》く唇がラシェルの唇に重なった。

「可愛い、そなたほど愛《いと》おしいものなど知らない」

「ア、アシュラフ様っ」

「愛してる。そなたが望むなら世界をも手に入れてみせよう。今すぐこの胸を切り開き、どれほど私がそなたを求めているか見せてやれればいいのに」

唇を啄《ついば》みながら、アシュラフが切ない想いを降らせてくる。抱きしめる腕の強さと、厚い胸板から伝わる力強い鼓動、鼓膜に響く低音の声がラシェルを酔わせた。

「は……ぁ、ン……っ。ま、待ってください」

「無理だ」

下腹部に押し当てられたアシュラフの欲望は、すでに硬く漲《みなぎ》っている。

「私の可愛いラシェル。どうか私の熱を鎮めてくれ」

耳殻《じかく》を食《は》む唇の柔《やわ》らかさに、ずくり……と下腹部が疼《うず》く。

彼と育む快感を覚えた身体は、今すぐにでもアシュラフの熱塊を求めていた。

(でも、まだ——駄目)

「わ、渡したいものがあるのですっ」

何のためにアーヤとムルディヤーナが綺麗《きれい》に着飾らせてくれたのか。

ラシェルを求めるせっかちな唇に指を当てて宥《なだ》めると、アシュラフが不思議そうに目を瞬かせた。

「何だ？」

「お見せする前に、離してください」

しっかりと腰に絡まったままの腕に手を置いて困った顔をすれば、「難しい問題だな」とアシュラフが眉を寄せた。

いったい、腕を離すことのどこが難しいのだろう。

首を傾げるしかない答えに戸惑《とまど》いつつも、軽く腕を叩いて催促する。

「どこまで行く？」

「あそこです」

飾り棚を指さすと、アシュラフが鷹揚に頷いた。次の瞬間。

「きゃあっ⁉」

突如、足が床から離れた。

気がついたときには、アシュラフに横抱きにされていたのだ。

「何をなさっているのですかっ」

「こうすれば、私はそなたから離れずとも、用が済むだろう」

妙案だと言わんばかりの誇らしげな顔で、アシュラフが片目を瞑《つむ》って見せる。

距離にしてわずか十歩にも満たない。タペストリーを持って帰ってくるのにかかる時間は一分もかからないだろう。

そんなわずかな時間すら離れていられないなんて。

（どれだけ私のこと好きなの？）

啞然《あぜん》とするラシェルを腕に抱え、アシュラフは悠然と目的の場所へと近づいた。

「それで、何が――」

言葉が途切れたのは、額に納められているタペストリーを見たからだ。

白い布に描かれた孔雀色の瞳を持つ金獅子。寄り添う蜂蜜色の髪の少女は、神獣と番《つが》ったと言われる乙女だ。物語と違うのは、少女の手にロクツァナ国のマルフィアを持たせたこと。

「ロクツァナ国では結婚式の日に、夫となる人へタペストリーを作って贈る風習があるのです」

「私に、か……？」

目を丸くしたまま、アシュラフがゆるりとラシェルを見下ろした。

「はい。……アシュラフ様へ贈るタペストリーの図案は獅子以外ないと思いました。受け取っていただけますか？」

アシュラフがまたタペストリーに目を向け、ラシェルを床に下ろす。

手に取ったタペストリーを食い入るように見つめた。

「この少女は、まるでそなたのようだ」

「……ようではなく、私です」

まるでではなく、ラシェルのつもりで刺した。

ハバル国の伝承を自分に置き換えることに気後れする部分はあったが、これは妻が夫となる人へ贈るものだ。ならば、金獅子の隣に並ぶのは自分であってもいいはず。

恥ずかしさに小さくなった声に、アシュラフの瞳がますます大きく見開かれ、やがて歓喜に染まった。

「アシュラフ様、私は――」

「待て。今、何と……？　確かに、我が名を呼んだな⁉　私の聞き間違いではないだろうなっ」

問い詰めるような口調に、いつもの余裕はなかった。

「今がはじめてか……？　いや、違うな。いつからだ。この部屋に入ってきてから、そなたはずっと私の名を呼んでいた！」

慌《あわ》てふためく姿に笑みが誘われる。

「はい。アシュラフ様。そうお呼びしてもかまいませんか？」

「あぁ、もちろんだとも！」

音量を間違った返事に抱えていた緊張も消し飛んだ。

こんなに動揺する彼を見たのは、はじめてだ。

なんて可愛く、愛おしいのだろう。

「好き」

胸いっぱいに溢《あふ》れた想いが、無意識に言葉となって口から零れ出た。

「――ラシェル！」

次の瞬間、痛いほど強くアシュラフに抱きしめられた。

「やっと言ったな！」

髪に頬ずりしながら、アシュラフが歓喜の声を上げる。

「私のものだ」

「はい。……アシュラフ様のお側にいたいです」

「煙たがられようとも離すものかっ。あぁ、ラシェル。――私のラシェル」

何度も抱きしめ直し、頬を両手で包まれると、顔中に口づけの雨が降ってきた。

「きゃ……っ、待って」

「待てぬ」

動物のような唸《うな》り声を出したかと思うと、再びアシュラフに抱き上げられる。そのまま、寝台へ二人して倒れ込んだ。

「わ……っ」

せっかちな行動に、ラシェルたちは額をくっつけ合って笑った。手を上げて、金色の髪を梳《す》くと、アシュラフが心地よさそうに目を細めた。

「本物の獅子のたてがみも、このように気持ちがいいのでしょうか」

「ならぬぞ。この手が撫《な》でていいのは、生涯私だけだ」

手首を握る手と見つめる眼差しは真剣だ。

「相手は動物ですよ？」

「だが、たてがみがあるのは雄だ」

獣にまで嫉妬《しっと》心をむき出しにする器の小ささに、思わず吹き出してしまった。

「何がおかしい」

「だ、だって。あまりにも可愛いんですもの」

あぁ、認めてしまえば、こんなにも彼が愛おしい。ラシェルだけを愛してくれる人が可愛くてならなかった。

「今宵は、どうか私にさせてください」

たくさん気持ちよくしてくれたから、今夜は自分がアシュラフにも同じ悦《よろこ》びを感じてほしい。

アシュラフに乗り上げ、形のいい唇にそっと口づける。

何度もしている行為なのに、はじめてしたようなときめきを感じる。

唇を離すと、アシュラフが綺麗な目に愉悦を浮かべていた。

「それで、次は何をしてくれる？」

王族の証である深紅の着衣を留めているベルトに手をかける。留め具を外し、前開きの着衣を脱がせると、身体にぴたりと張りつく黒いベストが現れた。布地に胸板や割れた腹筋の形が浮き出ている。

（素敵……）

鍛えられた身体は余分な脂肪がない。引きしまった筋肉に、ラシェルはうっとりと目を細めた。手のひら全部を使ってそれらを撫でる。

「は……ぁ」

それだけで、身体の奥が疼いた。

もぞりと腰を動かしながら、人差し指で胸の小さな突起を弄《いじ》る。アシュラフがいつも熱心に吸っているものだ。

どんな味がするのだろう。

顔を近づけ、布地の上から舌を這わせた。

「……っ」

すると、頭の上でかすかにアシュラフが息を呑《の》む音がした。

大きさこそ違うが、彼も感じているのだ。

気をよくしたラシェルが、口に含む。やはり、女性のものとは違い、わずかしか咥《くわ》えることができないが、アシュラフがしてくれるように舌先で転がし、甘噛みして愛でた。

反対の突起は指で愛撫《あいぶ》する。

（気持ちよくなって）

黒いベストが唾液《だえき》でべっとりと濡れると、いっそう形が際立った。心なしか、硬く凝《しこ》っている気がする。

「可愛い」

ふぅっと息を吹きかけた直後。

「――こら」

両手で頬を包まれ、強引に顔を上向かされた。

「そなただけ楽しむのはずるいぞ」

「あ……んっ」

そう言うと、ラシェルの身体を反転させた。

「口でしてくれるのなら、こちらがいい」

目の前にはすでに形を変えた怒張が下衣を持ち上げていた。

すごい。手でなぞると、欲望がびくびくと脈打つ。

硬くて、なんてたくましいのだろう。

ごくりと息を呑み込み、こわごわ下衣越しに口づけた。すると、アシュラフもラシェルの脚に手を這わせた。

「あ……っ、何を――」

肩越しに振り返れば、ドレスはすっかりめくり上げられ、下半身がむき出しになっていた。

「ア、アシュラフ様っ」

「そなたも私と同じことをすればいい」

脚の間から見えた蠱惑《こわく》的な笑みにぞくりと身体が期待した。唾液をたっぷりと含ませた長い指をラシェルが見ている前で、ゆっくりと蜜穴へと埋めていく。

「あ、あぁ……」

それだけで、猫みたいに背中がしなった。

「私の乳首を舐めただけで濡れたか。中が蕩けているぞ」

「いや……、そんな、言わないで」

一本だけだった指が、二本に増える。

中を広げるように指が抜き差しされるたびに、じゅぶ、じゅぶ……と淫靡《いんび》な水音が立った。

「あ……っ、ふん……ん、ぁっ」

「どうした。私を気持ちよくさせてくれるのではなかったか?」

「そ……です、が……」

アシュラフのもたらす愛撫に身体を支えている四肢が震えている。気持ちよすぎて力を込めていられなかった。くたりと腕を折り、彼の下腹部に顔を埋めると、屹立《きつりつ》の先端が鼻先に当たった。

無意識に舌を出し、それを舐《な》めた。

「は……っ、ぁ……」

すると、指が蜜道の上壁を押し上げた。

(あ……あぁ、気持ち……いい)

ゆるりと顔を持ち上げ、欲望に手を伸ばす。下衣の中で反り返る側面の上から下まで舌を這わせ、口を開けてそれを食んだ。硬く、ほんの少しの弾力があるそれを口の中でも舌で舐めながら、先端へと移動する。邪魔な布をずり下げれば、怒張した屹立が、ラシェルの顎を弾いて天を向いた。

「あっ」

それを手で押し戻し、今度は直に舌の上に載せる。鈴口から溢れる透明な雫を啜《すす》り、唾液と共に丹念に塗り込んだ。えらの張った亀頭、くびれ、血管の浮き出た竿を愛撫する。

「ふ……ぁ、あん、あっ!」

アシュラフが蜜道を慰めながら、舌先を媚肉《びにく》に這わせた。潜《ひそ》んでいた花芯《かしん》を擽《くすぐ》られ、吸い上げられる。

「ひぃ、や……ああ……」

内側と外側の両方からの刺激に、思わず欲望を摑んだまま顔を上げ、駄目だと後ろを振り返った。

「アシュラフ……さま、それ……は……」

両方を同時に愛されれば、すぐに達してしまう。

逃げ出そうとする腰を、アシュラフは片腕だけで簡単に封じてしまう。

「口がおろそかになっているぞ。もう終《しま》いか」

そのくせ、挑発的な視線でラシェルには発破《はっぱ》をかけるのだ。

負けじと、欲望に顔を伏せた。

長大なものは、めいっぱい頬張っても半分ほどしか入らない。

快感に追い上げられながら、アシュラフを扱《しご》く。唇を窄ませ吸い上げた。丁度くびれた部分が唇に引っかかり舐め心地がいい。

秘部を満たされながら口いっぱいにアシュラフのものを頬張っていると、えも言われぬ充足感に満たされる。まるで二人の彼に愛されているみたいな錯覚すら覚えた。

先端が上顎に当たる息苦しさも、ラシェルを陶酔《とうすい》させた。じわりと口の中に広がる独特な味を飲みくだしながら、夢中になって奉仕した。

(あぁ……、イく。もう……イく……っ)

きゅうっと秘部が締まり、咥え込んだ指を締めつける。

口の中の欲望がさらに大きくなった気がした次の瞬間。

「──っ」

アシュラフの息を呑む音と共に、喉奥に熱い飛沫《ひまつ》がかかった。

「ラシェルッ、駄目だ。離せ……っ」

腰がびくつくたびに、二度三度と喉奥を叩きつけるものが吹き出してくる。

「ラシェル……っ」

すべてをラシェルの口の中へ放ったアシュラフが、荒い息を繰り返す。

「ん……」

ずるりと欲望を引き抜くと、白い糸が引いた。口の中のものが零れないよう手を当て、上向くと、――それらをゆっくりと嚥下《えんげ》した。

「……は、ぁ」

喉越しはよくないが、アシュラフのものだと思えば嫌悪感はなかった。むしろ、身体の中に入れたいと思ったのだ。

「馬鹿者めが……」

その様子を見ていたアシュラフが唸り、腕を引かれる。彼の上に倒れ込むように俯《うつぶ》せになると、指が口の中に入ってきた。

「すべて飲んだのか」

丸く口を開けたまま頷けば、アシュラフが苦しげに眉を寄せる。

「……いけませんでしたか？」

口の端についた飲み損ねの体液を、親指の腹で拭《ぬぐ》われる。

「覚悟はあるのだろうな。私を煽《あお》ったこと、後悔するなよ」

ぐるる……と彼の喉が鳴った気がした直後、身体の位置が入れ替わった。

「あっ、あぁ！」

大きく口を開けたアシュラフが、ラシェルに襲いかかってくる。

「い……ぁ、あっ、あん……っ！」

かぶりつくような愛撫は、嵐のような激しさだった。彼の唇が通った後は、嚙み痕《あと》と赤い鬱血痕《うっけつこん》がついた。

「私のものだ……、全部。私のだ」

誰に言い聞かせるわけでもない、ひとり言みたいな唸り声がラシェルをぞくぞくさせる。

せがむように、乳房を差し出せば、アシュラフがむしゃぶりついてきた。乳輪まで頰張り、歯を立てる。忙しなく舌で尖頂を転がしながら、反対の手は形が変わるほど乳房を摑んでいた。

「い……い、もっと……、もっと食べて」

ぎらぎらとした瞳は、本物の獅子みたいに獰猛な光を宿している。金色の髪を指で弄りながら、ラシェルは「あぁっ！」と歓喜の声を上げた。

アシュラフになら骨までしゃぶられてもいい。

こんなにも自分を求めてくれる人の血肉になれるなら、それ以上の幸せなどあるだろうか。

「好き……、好き……っ」

「煽る、な」

掠《かす》れ声は、切れ切れだった。

もはや半分理性も飛んでいるのかもしれない。

こんなアシュラフは、はじめてだった。

けれど、我を忘れるほど求められることが、嬉しかった。

「いい、の……。全部、あげたいの……です」

アシュラフがラシェルの幸せを願うなら、自分は彼の幸せを想う。

身も心もすべてあげたかった。

そして、彼と幸せになりたい。

アシュラフが作り上げていく未来を隣で見ていきたい。彼が国を支えるのなら、自分は彼が休める場所になろう。

だから、私にだけは全部見せてもいいの。

全裸になったアシュラフが、蜜穴に欲望をあてがうと、ゆっくりと中へと押し入ってきた。

幾度となく身体を重ねてきたが、果たしてこれほど大きかっただろうか。触れてはいけない場所まで入ってくるような錯覚と共に覚えたのは恐怖と悦楽だった。

じわりと溶けて身体中に広がっていく充足感に、ラシェルは悦びの吐息を零した。

子を宿す場所が、もう降りてきている。

アシュラフの子種が欲しいと、粘膜が彼を締めつけ、扱いていた。そんな蜜道を、彼が引き剝がすように動く。腰を回して中をかき混ぜ、亀頭が抜けるほど浅い場所を執拗《しつよう》に擦る。

「やぁ、それ……もどかしい、のっ」

「どこがいい？　ラシェルの好きな場所はどこだ？」

「お……く、……ですっ。アシュラフ……さまの、で……つい、て」

「いくらでも突いてやる」

腰を抱えられて、猛然と中を穿《うが》たれる。

「ひ――ぃ、あぁぁ……っ！」

そのたびに、ラシェルは軽く意識を飛ばしかけた。深すぎる場所で与えられる刺激が苦しくて気持ちいい。

（死んで……しまうっ）

アシュラフになぶり殺されてしまう。

けれど、それでも彼を離したくない。

「もっと……たくさん、……して、愛し……てっ」

「愛してる。ラシェル」

涙で濡れた顔を、アシュラフが愛おしげに舐める。唇を開けば、するりと中に入ってきた舌を、ラシェルは悦んで吸い上げた。

好き、こんなにも愛しい人はいない。

「ラシェル、もっとだ。もっと私をねだれ」

「あ、あ……あぁ、アシュラフ様」

自ら脚を大きく開くと、ラシェルは媚肉を指で割り開いた。

「見て……、はしたない私を……全部見て……」

恍惚《こうこつ》としながら潤んだ目でアシュラフを見つめる。下唇を舌で舐めると、アシュラフがごくりと喉仏を上下させた。

「発情した猫のようだな」

「はぁ、ん……っ、あ……ぁ、やぁっ！」

そのまま裏返しにされ、腰を高く掲げさせられた。上から突き下ろすように欲望の楔《くさび》がラシェルを何度も深く穿ってくる。

「ひ――ぁ、あっ、あぁ！」

突かれると、こぷ……、こぷ、と蜜が泡立ち内股へ垂れていく。

「――くっ」

そこにアシュラフの精が混じり、また溢れても、ラシェルたちは行為を止めることができなかった。

◇◆◇

想いが通じてからというもの、アシュラフは溺愛ぶりを隠さなくなった。

これまでもさほど隠している様子はなかったが、彼の入れ込みようはもはや偏執的だ。

アシュラフの体力は底なしなのか。

無尽蔵のごとく、貪欲にラシェルを求めてくる。

朝が来るまで彼に愛され、目が覚めれば太陽は真上に昇っている。すると、午前の政務を終えたアシュラフは、戻ってくるなりラシェルへ手を伸ばした。出窓椅子で、時には飾り棚に乗り上げて。ラシェルを見つけると手を伸ばさずにはいられないのか。もう無理だと泣いて懇願するラシェルを宥めすかしてはまた身体を繋げて、午後の政務へ出かけると、ラシェルは再び眠りの中へと落ちていく。そして、目が覚めたとき太陽は傾いているのだ。

ここ数日、ラシェルはろくに服も着ていない。それどころか、すっかり寝台の住人になりつつあった。

アシュラフがくれる快楽に溺れているだけの自堕落《じだらく》な時間はただただこそばゆい。

嬉しいけれど、ラシェルの体力はとうに限界を超えていた。

日中の休息だけではもはや回復できないほど、精も根も尽き果てている。

見かねたムルディヤーナたちが抗議してくれなければ、ラシェルは今日も悦楽と惰眠を貪《むさぼ》っていたに違いない。

「雑技団ですか？　以前、中庭で催しているのを拝見いたしましたわ」

「今回はラシェルも私と共に見るといい」

侍女たちに散々怒られアシュラフも反省したのか、昨夜は久しぶりにゆっくりと眠ることができた。とはいえ、まったく何もなかったわけではないが、それでも一度だけにとどめてくれたおかげで、幾分身体も楽だ。

膝にラシェルを乗せたアシュラフは、さらりと零れ落ちた蜂蜜色の髪を耳へかけながら、頬をなぞっている。当然、彼のもう片方の腕は、腰に巻きついていた。

本日は外部から人を呼ぶこともあり、ラシェルの装いは普段よりもかしこまったものとなっている。袖の長い濃紺のドレスは、アシュラフ自らが厳選したもの。自分の寵妃《ちょうき》をめいっぱい着飾らせたい欲求と、他人の目にラシェルの肌を晒《さら》させたくない葛藤の末に選んだ一着なのだと、支度を手伝ってくれた侍女たちが言っていた。

「陛下はラシェル様にぞっこんですね！」

アーヤの嬉しそうな声に、果たして自分は何と答えればよかったのだろう。

それでも、彼の自分を想う気持ちがひしひしと伝わってくることが嬉しかった。

そんな彼の装いも普段とは違っていた。ベルトには普段はない長剣を携えている。

中庭を囲うように配置された兵の数が、以前見たときよりも多いように思えたことも、違っているところだった。

口元に寄せられた果実に口を開けると、みずみずしい果汁が口いっぱいに広がった。

「美味しい」

「そうか。次は何が食べたい？」

アシュラフの胸にもたれかかりながら、綺麗な顔を見上げた。

「今と同じものがいいです」

できることなら自分で食べたいのだが、世話を焼きたがるアシュラフがあまりにも嬉しそうにするものだから、最近はそれも諦《あきら》めつつある。

そう言えば、番を持った獣は雌の世話を焼く習性があるとどこかの本で読んだ気がする。

（まさか。彼は人よ？）

でも、彼と過ごしてきた中で、幾度獣みたいだと感じたことがあっただろう。

「あ……」

考え事をしていたせいで、果汁が口端を伝って零れた。

すると、アシュラフがそれを舌で舐め取った。

「甘い」

目尻を下げて笑う彼は、幸せそうだ。

同じくらい、ラシェルも満たされていた。

視線が絡み合うと、どちらからともなく唇を寄せ合った。すぐに深くなる口づけは、簡単に官能を目覚めさせる。

彼の手がラシェルの身体を弄り始めると、唐突に誰かの咳払《せきばら》いが聞こえた。

「陛下、ラシェル様。じきにリーン様とディヤー様もお見えになります」

遠回しに自重しろとムルディヤーナに諫《いさ》められ、ラシェルは慌ててアシュラフの顔を押しやった。ここ数日の戯《たわむ》れのせいで、すっかり羞恥心が薄れてしまっている。

(駄目よ。もっと気を引きしめなくちゃ)

アシュラフが無頓着なのなら、せめてラシェルくらいは自制しなければ。

気を引きしめれば、アシュラフが物言いたげな顔で唇を尖らせていた。

子どもじみた拗《す》ねた方に「アシュラフ様」と窘《たしな》める。

「わかっている」

アシュラフもわざとだったのだろう。

くすりと笑うと、ラシェルの髪に頬をすり寄せてきた。

そのうち、本当に彼の喉がごろごろ鳴りそうな気がする。

「アシュ！」

そこへ、幼い声が聞こえた。

声のする方を見れば、幼いディヤーが侍女に手を引かれて歩いてくる。

「ラシェル、紹介しよう」

黒髪に黒目の利発そうな少年が、侍女の手を離れ、ラシェルたちの方へと駆けてきた。ラシェルが身体を起こすのと同じタイミングで、ディヤーがアシュラフの懐に飛び込んでくる。

「今日はありがとう！　また雑技団呼んでくれたんだね！」

幼いなりに快活そうな口調だ。

「あぁ、そうだ。ところで、勉強は終わったか？」

アシュラフが頭を撫でると、ディヤーが気持ちよさそうに目を閉じる。

「うん！　お母様がお勉強を終わらせないと、雑技団は見られないっておっしゃったから、ちゃんとしたよ」

「いい子だ」

髪の色こそ違うが、戯れる様子は親子にも見える。

微笑ましい光景に目を細めていると、視線に気づいたディヤーが「あっ！」と声を上げた。

目が合うと、途端にそれまでの活発さが嘘みたいに動かなくなった。

見るからに緊張した様子が、実に可愛い。後ろに控えていたアーヤたちも、くすくすと微笑ましい光景に笑みを零していた。

「ラシェル、兄上の息子ディヤーだ」

「ディヤー様、ラシェル・フォートリエと申します」

恭《うやうや》しく頭を下げたラシェルに、ディヤーは「知ってるよ」と告げた。

「この間、窓から見えた天使様」

そう言うと、ディヤーがぴょんとアシュラフから離れ、ラシェルの側に来た。膝の上に手を置き、じっと大きな目で見上げてくる。

「ラシェルは天使様でしょう?」

「残念ながら人ですわ、ディヤー様」

「いや、天使だ。ただし、この私だけの天使だがな」

横から会話に割って入ってきたアシュラフが、これみよがしにラシェルの肩を抱き寄せた。

「ア、アシュラフ様。ディヤー様が見ておられますっ」

「だから何だ。何事もはじめが肝心だ。ディヤー、よく心に刻め。ラシェルは私だけのものだ」

子ども相手に何をムキになっているのか。大人の威厳などあったものではない。

独占欲の塊《かたまり》みたいな言葉で、アシュラフが牽制《けんせい》している相手は年端もいかない子どもなのだ。

「いいよ。でも、ラシェルのお膝には乗っていいでしょ?」

「もちろんですよ。ですが、ディヤー様。お母様とご一緒でなくてよいのですか?」

早速ラシェルの膝に落ち着いたディヤーに問いかけるも、後ろから「駄目だぞ。こら、ディヤー。さっさと退かぬか」とうるさい野次が飛んでくる。

これでは、どちらが子どもなのか。

「アシュラフ様は、お静かになさっていてください」

振り仰ぎながら睨《ね》めつければ「いや、だがなっ」とまだ文句を言いたげだ。

すっかり狭量になってしまった人の頬をひと撫でして「いい子」と顎に口づける。

「……ふん。まぁいいだろう」

すると、途端に満更でもない顔で大人しくなった。

そんなアシュラフの子どもみたいなところが可愛くてたまらない。

そこへ、風が軽やかな鈴の音を運んできた。

「あっ、母様！」

「え？」

膝の上ではしゃぐディヤーの声に促されて、中庭の奥を見る。すると、雑技団の一行の先頭を歩いているリーンが見えた。まろやかな曲線を描く女体の美しさを存分に見せた舞台衣装は、控えめで儚《はかな》げだったリーンを妖艶な踊り子へと変えていた。

「あの衣装……。リーン様も踊られるのですか？」

「リーンのたっての願いだ。この雑技団はリーンの古巣でもあるのだ」

そう言えば、アーヤがそのようなことを言っていた。確か、そこで先王に見初《みそ》められ寵妃となったとか。

舞台の真ん中に立ったリーンは、ラシェルたちに向かって優雅に一礼した。

「陛下におかれましては息災であられること心よりお喜び申し上げます。また、ラシェル様にはお礼を申しあげなければなりません。ここ数ヶ月の陛下は、見違えるほど明るくなられました。すべてラシェル様のおかげでございます。ぜひお礼をと思ったのですが、私には舞いをお贈りすることしかできません」

シャラリ、と鈴が鳴り、リーンの儚げな雰囲気を際立たせた。

突然のことに、ラシェルは啞然とするしかなかった。

「本日は、ラシェル様のお心をお慰めできるよう心を込めて踊らせていただきます」

挨拶《あいさつ》を終えたリーンは、舞台の袖には戻らず客席へとやってきた。

(私のために?)

驚き、アシュラフを振り仰ぐ。すると、彼は満足そうに頷いた。

空席になっていた絨毯に座ると、彼女の侍女たちが肩に羽織をかける。出番まで身体を冷やさないためだ。

「ディヤー、こちらへいらっしゃい」

「今日はラシェルと見るのです!」

「まぁ」

元気のいい声に目を丸くしながらも、少し困った顔になったリーンがラシェルを見た。

「よろしいのでしょうか?」

「はい」

リーンの後、雑技団の団長だという女が張りのある声でアシュラフに感謝を伝えていた。

「それでは、最後までどうぞお楽しみください!」

中庭に響く銅鑼《どら》の音と共に、演舞は始まった。

舞台では口元を隠した女たちが、入れ替わり立ち替わり曲に合わせて見事な舞いを披露する。

ラシェルはこのような催しを見るのがはじめてだった。

ロクツァナ国には娯楽というものはほとんどなかった。誰もが生きるのに必死で、享楽《きょうらく》に耽《ふけ》ることができるのは王家や彼らに付随する一部の貴族たちだけだったからだ。

「素晴らしいですね。雑技団の演技を鑑賞するのは、はじめてです」

「先日、リーンから相談を受けたのだ。ラシェルが民のために尽くしている姿を見て、自分も何か力になりたいと触発されたようだ。そなたはやはり天使だな。塞ぎ込みがちだったリーンを再び舞台へ立たせることができたのだ」

先王が崩御してからというもの、リーンは悲嘆に暮れることが多くなったのだとか。表向きはディヤーのために呼び寄せたというが、アシュラフのことだ。彼女の心を慰めたくて雑技団を宮殿に招いていたに違いない。

「では、あのときの抱擁《ほうよう》はリーン様をお慰めになってた？」

問いかけに、アシュラフがにやりと笑った。

「鬼ごっこは楽しかったな」

顔を真っ赤にすると、腰に絡みつく腕が強まった。

「嬉しい焼きもちだ」

楽しげに笑いながら、アシュラフの唇が耳元へと寄せられる。

「そうやって、もっと私に夢中になるといい」

「アシュラフ様っ」

演舞をそっちのけでラシェルをかまおうとする不埒な手を、握りしめることで窘めた。

太鼓の音に合わせて、舞子が軽やかに舞う。重力など感じさせない跳躍に、目が釘付けになった。

生き物のように弧を描き、形を変えるリボンのなんと美しいことだろう。

目を奪われるほどの完成度の高さと、優美さに、時間を忘れて見入ってしまう。

人の身体とはどこまで柔らかくなるのかと驚かされる。伸ばした指の先から、眼差しにいたるまで芸術品と呼ぶにふさわしい。

膝の上に座るディヤーもまた、興奮した様子で演舞に熱い眼差しを送っていた。

けれど、左隣りに座るリーンは少し様子が違っていた。

視線の先が演舞ではなく、団員たちへと向けられている。

「いかがなされましたか？」

「いえ。今回は数人新人がいるようです」

ラシェルには顔の下半分を布で覆っている彼女たちの区別はつかないが、彼女たちを知るリーンは違うのだろう。

「いつまでも昔のままというわけにはいきませんものね。新人を入れることで新しい風を生むことも必要なことなのでしょう。けれど、懐かしい場所が変わっていく様子を見るのはやはり少し寂《さび》しいものです」

彼女は寂しさを感じつつも、変化を受け入れようとしている。

最愛の人を亡くした悲しみもまた、そうやって乗り越えようとしているのかもしれない。

「そうですね……。未来へ繋ぐことは、時には寂しさを伴うのかもしれません」

ラシェルも自分がロクツァナ国を救うのだと思っていた。

しかし、現実は自分がいなくても国は未来へと歩き始めた。

そして、ラシェルも祖国から遠く離れた大国で自分の生き方を見つけた。

アシュラフの側で、彼と幸せになることだ。

では、彼の幸せとは何なのだろう。

（そう言えば、一度も聞いたことがないわ）

自分のことばかりで、アシュラフの気持ちを思いやることをおざなりにしていたのではないだろうか。

「アシュラフ様」

「どうした？」

「次は、アシュラフ様の幸せを教えてくださいね」

だって、彼は一緒に幸せになると言ってくれたのだ。ならば、彼を幸せにするのはラシェルしかいない。

前を向いたまま告げると、ぎゅっと抱きしめる腕に力がこもった。

「ラシェルが側にいる。もうとっくに幸せだ」

嬉しい言葉に、胸が熱くなった。

愛がこんなにも心を満たしてくれるものだったなんて、アシュラフに出会わなければ生涯知ることはなかっただろう。

（大好き）

「それでは、雑技団永遠の舞姫。リーンの登場です！」

団長の声にリーンが立ち上がった。

「母様、頑張って！」

ディヤーの声援にリーンがはにかみながらも強く頷いた。

彼女が歩くたびに鈴の軽やかな音が響く。

一時の静寂《せいじゃく》ののち、心臓に響くような太鼓の音が鳴り響いた。

リーンの四肢についた鈴が、太鼓の音に呼応するように鳴る。舞台いっぱいに舞う彼女の演舞は圧巻で、佳境に向かうほど鬼気迫る緊張感があった。

すると、後ろからするすると四人の団員が進み出てきた。

リーンの舞いに合わせて踊る彼女たちの中で、一人だけ明らかに動きが鈍《にぶ》い女がいた。黒髪に浅黒い肌の女は、それでも舞いながら徐々にラシェルたちの方へと近づいてくる。

その刹那《せつな》だった。

突如、女が舞台から飛び降りると、衣装に仕込んでいたのだろう短刀をラシェル目がけて振り上げた。

「――ッ!!」

咄嗟《とっさ》に膝にいたディヤーに覆い被さるのと、抜刀したアシュラフが振り下ろされた短刀を弾き飛ばすのが同時だった。

「大事ないか!?」

「は、はい。私はどこも……」

「ディヤー!!」

ゆるゆると顔を上げると、リーンが血相を変えて飛んできた。

「お……お母様ぁ……っ」

何が起こったのかわからないでいたディヤーも、母親の顔を見るとくしゃりと表情をゆがめて泣き出した。

「あぁ、無事でよかった！　これは、いったい……。どういうことなのっ。ディヤーの命を狙う理由は何⁉」

リーンが激しい口調で、団長を振り返った。

違う、女の狙いはラシェルたちだ。

なぜなら、ラシェルには思い当たる節があるからだ。

兵に取り押さえられ地面に這いつくばる女は、地を這《は》うような呻き声を漏らしていた。

アシュラフが女に近づき、顔を覆っていたものを剝ぎ取る。

すると、黒髪ごと外れ、金色の髪が見えた。

「――ナルシス様」

髪を鷲摑みにされ露《あらわ》になった顔に、ラシェルは愕然《がくぜん》となった。

アシュラフが警備兵の数を増やしたのは、あらかじめナルシスが報復しに来ることを摑んでいたからなのか。いや、そんなはずはない。彼がラシェルやリーンたち親子を危険な目に遭《あ》わすことは絶対にしないという確信があるからだ。

ならば、万が一を想定して、兵の数を増やした。そこへ本当にナルシスが現れたというところだろう。

異常なほどこけた頰に、艶《つや》のない肌。緑色の目だけが爛々《らんらん》とした様子は、明らかに正常ではない。目玉だけを動かしラシェルを睨《にら》みつける形相《ぎょうそう》は、病人のようだった。

「――っ」

あまりのおどろおどろしさに息を吞んだ。

一見しただけでは、彼がロクツァナ国王太子ナルシスだとは気づかないだろう。それほどナルシスの容姿は変わり果てていた。

(何があったというの?)

「貴様自らが乗り込んでくるか」

小馬鹿にした口調のアシュラフに、ナルシスが屈辱《くつじょく》的な表情になった。

「全部貴様のせいだッ!」

「すべて貴様が招いたことだ」

摑んでいた髪を離しナルシスを睥睨《へいげい》すると、持っていた剣先をこけた顔へ向けた。

「誰の差し金だ」

「――っ、クソが!」

「王族としての矜持《きょうじ》も残っていないか」

嘲笑《ちょうしょう》に、ますますナルシスの顔が怒りで赤くなっていく。

見ていられなくて、ラシェルは叫んだ。

「ナルシス様、もうおやめください！　このようなことに何の意味があるというのですっ⁉」

国は新たな時代へ歩き始めている。

ナルシスがすべきことは、報復などではなく、王族として民たちを苦しめた責任を取ることだ。

「お前のその目だ！　お前も、お前もっ！」

だが、ナルシスにラシェルの声は届いていない。

兵に身体を拘束されながらも、喚《わめ》くことをやめなかった。

「僕を見下すその目が気に入らないんだよ！　僕の人生を無茶苦茶にしやがって！　自分だけ正しいと言わんばかりの顔しやがって！　お前らが僕をこんな目に――、ヒッ！」

その刹那、アシュラフの持つ剣の切っ先が、喉元にあてがわれた。

「こんな目とは？　女の振りをしながら暗殺の真似事をすることか？　影武者を立ててまで逃げおおせた結末がこれか」

「だ……黙れ、黙れ黙れ黙れ――ッ‼」

血反吐《ちへど》を吐くような怒声が中庭に響く。

むき出しの憎悪を宿した緑色の目が、アシュラフを睨みつけていた。

「いいだろう。離してやれ」

「ですが――っ」

解放を促す号令に、兵士たちが狼狽《うろた》えるも、アシュラフの意志は変わらなかった。

しぶしぶ兵士たちがナルシスの上から退く。

「取るがいい。お前の短剣だ」

そう言って、アシュラフは弾き飛ばした短剣をナルシスの前に放り投げた。

ナルシスの歯ぎしりをする音が聞こえると同時に、短剣を握りしめた彼がアシュラフに襲いかかる。

一方的に攻撃を仕掛けているのはナルシスなのに、追い込まれているように感じるのはなぜなのだろう。

力量の差は一目瞭然《いちもくりょうぜん》だった。

ナルシスは勉強も鍛錬も、何一つ長続きしなかったのをラシェルは知っている。そんな彼がハバル国の将軍であったアシュラフに太刀打ちできるわけがないのだ。

大人と子どもほどの力の差に抱くのは、惨《みじ》めさだけ。

ナルシスはアシュラフにまるで歯が立たないでいる。

「どうした。もう息が上がっているのか？」

苦戦するナルシスに対し、アシュラフは汗すら浮かべていない。

「僕は……っ、お前を許さない‼」

「同感だ」

アシュラフがナルシスの短剣を再び弾き飛ばすと、よろめいた身体を蹴り飛ばし、地面に這いつくばらせた。

「――ロクツァナ国王太子である僕がっ！」

「まだそのような戯《ざ》れ言《ごと》を言えるのか。己の責務を疎《うと》んじ、享楽へ逃げた貴様は、王族ではない。さぁ、余興は終わりだ。貴様を送り込んだ者の名を言え」

「く……っ」

「その顔色、もはや正気を保っていられるのも、わずかな時間だけだろう。薬漬けにされ、王族としての誇りも捨て快楽の奴《ど》隷《れい》と成り下がったか。どうだ？　ザリが欲しいのだろう？」

「――ッ」

息を呑むラシェルの前で、ナルシスは目に見えて顔色を変えた。怒気が消え、歓喜と期待が土色の顔に広がる。

（ザリですって……？）

聞いた薬物の名に瞠目《どうもく》する。

ラシェルはナルシスの身に何が起こったのかを察してしまった。

彼はもう、ザリなしでは生きていけないところまできてしまっているのだ。

ナルシスは目を見開き、喘《あえ》ぐように息を呑んだ。

「持って……る、のか……？　頼む、くれ。少しでいい、ひと匙《さじ》でいいから舐めさせてくれ!!」

短剣を投げ捨て、アシュラフに手を伸ばす。興奮した様子で地面を這うと、アシュラフの足先に何度も口づけ、「薬をください」と乞《こ》うた。

その浅ましさに誰もが絶句していた。

痩《や》せこけた身体に女物の服を纏い、必死で薬を懇願する姿に、かつての傲慢《ごうまん》さは微塵《みじん》もなかった。

見ているのも辛《つら》くなるほどの虚《むな》しさと憐憫《れんびん》に、心が潰れそうになる。

美貌が自慢だったナルシスの見る影もない姿に、ラシェルはどんな言葉も出てこなかった。

(アシュラフ様はご存じだったのね)

ナルシスが享楽に逃げた理由を、彼は責務放棄だと言った。ナルシスは王族が担う役割を疎み、己の享楽だけを追い続けた。

王族としての資質が欠けていたとしか言いようがない。

だからこそ、ナルシスはアシュラフに強烈な劣等感を抱いたのではないだろうか。

神獣の化身と謳《うた》われる容貌や、王族としての気品と資質が羨《うらや》ましく、妬《ねた》ましかった。

しかし、個人の抱く劣等感など、民には関係ない。

アシュラフとてはじめから完璧な王族ではなかったはず。失敗を経験し、研鑽《けんさん》を重ね、あらゆることから学んできたに違いない。

才能で敵《かな》わなくとも、努力で補えるものはいくらでもある。

大事なのはそれに気づけるか否か。

面倒を嫌い早々に逃げてしまったナルシスには、一生わからないものなのかもしれない。

「無様だな」

アシュラフだけは、そんなナルシスを睥睨し、彼を蹴飛ばした。

同じ王族という立場にあるからこそ、ナルシスの弱さが許せなかったのだろう。

紙よりも軽く地面に転がる。

筋肉が削げた体軀《たいく》は、痛々しいほど細かった。

そんな彼の前に、アシュラフは三度、短剣を投げた。

「ロクツァナ国王家最後の生き残りであるナルシス・デュナン。国を傾けた罪をその命で贖《あがな》え。自害を命ずる」

発した声にナルシスへの同情は一切なかった。

ナルシスは地面に蹲《うずくま》り、啜《すす》り泣きに似た呻《うめ》き声を漏らすばかりだ。

「……のれ、……おのれ……っ」

「ナルシス様、いけませんっ！　もうやめて!!」

「おのれぇ――――っ!!」

半狂乱になるや否や、ナルシスが短剣を握りしめアシュラフへ飛びかかった。

が、次の瞬間には、ナルシスの身体はアシュラフの剣に貫かれていた。

「見てはいけませんっ！」

ラシェルは、震えて縮こまるリーンたちに覆い被さり、視界を遮《さえぎ》った。

鈍い物音に振り返れば、地面に事切れたナルシスが倒れていた。土が血を吸い、赤黒く染まっていく。

（あぁ……、なんてことなの）

きっと、ナルシスは王族として死ねる恩情を与えられたことにすら気づけずに逝《い》ってしまったに違いない。

彼の言動に、国や民への反省の言葉は一つもなかった。

自らが犯した罪の重さすら理解していなかったのか。それとも、見て見ぬ振りをし続けていたのか。今となっては知る術はない。

けれど、ナルシスが王族としての責務を果たさなかったことは事実だ。王族だから贅沢《ぜいたく》をしていいのではない。国と王族は、民に生かされているのだ。

「あなたたち、リーン様たちをお部屋にお連れして」

「は、はいっ」

事態の一部始終を見ていたリーン付きの侍女たちは、ラシェルの声にはっとすると、急いでリーンたちに駆け寄ってきた。

彼女たちに支えられながら部屋へ戻っていく後ろ姿を見送り、アシュラフを見遣《みや》る。

彼は兵がナルシスを担架に乗せ運んでいくのを無言で見ていた。

毅然《きぜん》とした背中は、なぜだかひどく苦しそうだ。

近づき、彼の手をそっと握りしめた。

すると、アシュラフからも握り返してきた。

「……申し訳ありません」

「なぜラシェルが詫びる」

ただ、そう言わなければいけない気がしたからだ。

「あなたにご迷惑をかけてしまうからです」

ハバル国の王がロクツァナ国王家の人間を手にかけたことで、多少なりとも状況は変わってくるだろう。

アシュラフがほっと息を吐いた。

「問題ない。私は我が姫の命を狙う不届き者を成敗しただけだ」

その言葉は、ナルシスは蛮族《ばんぞく》として葬《ほうむ》られることを意味していた。

「命が惜しければ捜査に協力することだ」

神獣の末裔《まつえい》と言われる証、孔雀の羽根模様の双眸で睨まれた団長は、縮こまっていた身体をいっそう小さくして平伏した。

【最終章：新しい未来へ】

後日、雑技団一行らによる供述で事件は大きく動いた。

雑技団にナルシスを紛れ込ませるよう命じたのは、ロクツァナ国の同盟国であるグルニーテ国のオディロン伯爵だった。

伯爵とは、ラシェルも何度か顔を合わせたことがある。

人畜無害そうな笑みを貼りつけた、立派な体軀《たいく》の中年の男だ。立ち回りも上手く、人付き合いも上手い。父はオディロン伯爵を敬遠していたが、たいがいの者は彼に対して好意的だった。

そんな彼は、社交界の闇に紛れ、ザリという麻薬を売りさばいていた。

ナルシスを薬漬けにさせたのも、おそらくオディロン伯爵だろう。

のちに、アシュラフから聞いた話によれば、ナルシスはひと目を避けるように何度もグルニーテ国へ外遊していた。そして、オディロン伯爵のもとを訪れていたという。

ナルシスはザリがもたらす快楽が忘れられなくなったに違いない。

影武者はナルシスが公務から逃げるためだけでなく、薬に溺れた王太子を隠そうとする王家にとっても都合がよかったというわけだ。

「オディロン伯爵にとって、ナルシスはこれ以上ないくらい都合のいい駒だったのだろう」

享楽《きょうらく》好きで、国を軽んじる王太子は、操るのにうってつけだったはず。

心地のいい言葉でナルシスに近づき、贅沢《ぜいたく》を味わわせ、ザリでの快感をも覚えさせる。一度手を出してしまった魅惑の味を、ナルシスは撥《は》ねつけるだけの強靱な精神を持っていなかった。

伯爵はナルシスが王座に就いた暁《あかつき》には、グルニーテ国に有利な条件で交易をさせるつもりだったのだろう。その功績を足がかりに、自国での地位をも上げようという算段だった。

しかし、ロクツァナ国がハバル国の支配下に収まってしまったことで、オディロン伯爵は計画の変更を余儀なくさせられてしまったのだ。

伯爵はナルシスにことの責任を取るよう命じたに違いない。

アシュラフとラシェル、どちらかの命を奪ってこいと。

すでに伯爵の言いなりになっていたナルシスは、ザリを盾に取られれば頷《うなず》くことしかできなかった。

アシュラフを殺せば、ハバル国は一時的にだが急激に弱体化する。

ラシェルが死ねば、ハバル国が同盟国であるロクツァナ国王太子の許嫁《いいなずけ》を殺したという大義名分で戦争を仕掛けることができる。

宰相《さいしょう》の報告をアシュラフと共に聞いていたラシェルは、首を傾げた。

「でも、なぜオディロン伯爵は雑技団にナルシス様を紛れさせたのでしょう?」

「それは伯爵に熱を上げていたのが、雑技団の団長だったからだ」

団長はオディロン伯爵と何年も愛人関係にあった。

愛しい人からの願いに危険な香りを感じ取ったとしても、捨てられることを何よりも恐れていた彼女には断ることができなかった。愛していたからだろう。

伯爵は、ハバル国がグルニーテ国からの入国者を警戒していることを知り、雑技団を一旦、別の国へ渡らせ、そこから入国させた。

女ばかりの雑技団であることも、警備が甘くなった一因だったとか。

警備を担当していた者たちは、すでに減給と左遷が決まっていた。

雑技団は、国王暗殺未遂の共謀者として捕らえられ、しかるべき処罰が下ることとなったという。

リーンにとっても胸の痛む出来事だが、これぱかりは致し方ないことなのだ。

黒幕であるオディロン伯爵の処分は、実行者が死亡した今、雑技団の証言だけでは立件は難しいという決断に至ったが、グルニーテ国にはザリの元締めとして密告する手はずを進めている。これにはナルシスの影武者が残した手記が役に立った。

「リーンは、離宮への幽閉が決まった」

今回、雑技団の入城を希望したのは、リーンだ。

故意ではないにしろ、国王の命が脅《おびや》かされた事態を招いたことに、リーン自身が深く傷ついてしまった。

幽閉はリーン自身から申し出があったことだった。

彼女は、息子と共に宮殿を去ることも望んだが、政治的に利用されかねない可能性が変わらないうちは、外へ出すことはできない。

よって、離宮へ移ることになったのだ。

「重い処罰でございますね」

「形ばかりのものだ。それに、移る離宮は兄上の霊廟《れいびょう》からも近い」

彼女は外とのかかわりが断たれるが、愛した人の側にはいられるのだ。

ただし、ディヤーに関してはその限りではなく、しかるべき時が来たならアシュラフが彼に広い世界を見せることを約束した。

リーンは古巣の雑技団が犯した罪を悲しんではいたが、深く落ち込んでいる様子はなく、離宮からでも自分ができることをしていくつもりだと、アシュラフに話したという。

「見つかるといいですね」

不自由さは仕方ないが、だからといって何もできないと嘆くことなく、未来を見出そうとするたくましさを心から応援したい。

「そなたの幸せは見つかったのか？」

隣に立ったアシュラフが優しい目で見つめてきた。

「はい。アシュラフ様と共に歩むことです」

昨夜、すべての顚末《てんまつ》を聞き終えたラシェルは今、花嫁衣装に身を包み、大聖堂の入り口にいる。

ナルシスの事件から、二ヶ月が経っていた。

『そなたは。仮に俺が王でなくなったとしても、俺を愛したのか？』

式を前日に控えた者への質問とは思えない内容には呆《あき》れるしかなかった。けれど、彼がわずかでも愛に不安を抱いているのなら、言葉にして伝えなければならない。

『あなたがただの放浪人になろうと、私はお側《そば》におります。アシュラフ様を幸せにすることが、私の幸せなのです』

そう断言したことで、すべてが解決した。

身につけている花嫁衣装は、真珠色をした美しいドレスだ。腰で切り返したスカートが裾にいくほどふんわりと広がり、ラシェルの背丈の二倍はありそうなベールは、精緻で繊細な刺繡で彩られている。ベールを留めているティアラは、以前蝶の髪飾りを作った職人がこの日のために作ったものだ。豪奢《ごうしゃ》な宝飾品は、動くたびに軽やかな音を奏でた。

頭からつま先まで、すべてアシュラフが厳選したものに身を包める自分は、世界一の幸せ者だ。

愛に溢《あふ》れた衣装を着るラシェルを満足げに見ている彼もまた、正装姿だ。純白の衣装に深紅のマントを纏《まと》う姿は、惚《ほ》れ惚《ぼ》れするほど美しく格好よかった。

「アシュラフ様、お側に置いてくれますか?」

「その言葉が聞きたかった」

そう言って、アシュラフが幸せそうに笑った。

「愛している。ようやくそなたのすべてを手に入れた」

「私も、愛しています」

そう告げて、ラシェルたちは少し早い誓いの口づけを交わした。

あとがき

こんにちは。宇奈月 香と申します。

この度は『まだ蜜月には早すぎる～攫われ花嫁は強引な金獅子王の寵愛に困惑中～』をお手にとってくださりありがとうございました。

すごくエッチな女の子を書きました。

いきなり何を言ってるんだという話なのですが、私が書いてきた中で、ラシェルは平常時とのギャップが一番激しい子だったのではないかと思っております。アシュラフ、楽しかっただろうな。

私が書くヒロインは、いつもどこか頑固でなかなか心を開いてくれない子ばかりなのですが、今回もそのとおりで、毎回担当様とお話させていただきながら、キャラクターの個性に気づかされるという。そうやってそれぞれが動き始めてくれると、ものすごく書くのが面白いんです。アシュラフはラシェルを「猫」にたとえていましたが、私も書きながらそうだと思っていて、最初はおっかなびっくりだった子が、おずおずと獅子っぽいアシュラフに懐いていく様子が伝わればいいなと思っています。そんなラシェルに首ったけのアシュラフも楽しんでいただきたいです。

今回、イラストを描いてくださったのは北沢きょう先生です。先生が描く二人を今からとても楽しみにしています。本当にありがとうございます。

担当様をはじめ本作品に携わってくださった皆様に、心から厚く御礼申し上げます。ありがとうございました。

ここまで読んでくださった皆様にたくさんの感謝をこめて、あとがきとさせていただきます。

宇奈月　香

原稿大募集

ヴァニラ文庫では乙女のための官能ロマンス小説を募集しております。
優秀な作品は当社より文庫として刊行いたします。
また、将来性のある方には編集者が担当につき、個別に指導いたします。

◆募集作品

男女の性描写のあるオリジナルロマンス小説（二次創作は不可）。
商業未発表であれば、同人誌・Web 上で発表済みの作品でも応募可能です。

◆応募資格

年齢性別プロアマ問いません。

◆応募要項

・パソコンもしくはワープロ機器を使用した原稿に限ります。
・原稿は A4 判の用紙を横にして、縦書きで 40 字 ×34 行で 110 枚 ~130 枚。
・用紙の 1 枚目に以下の項目を記入してください。
①作品名（ふりがな）/②作家名（ふりがな）/③本名（ふりがな）/
④年齢職業 /⑤連絡先（郵便番号・住所・電話番号）/⑥メールアドレス /
⑦略歴（他紙応募歴等）/⑧サイト URL（なければ省略）
・用紙の 2 枚目に 800 字程度のあらすじを付けてください。
・プリントアウトした作品原稿には必ず通し番号を入れ、右上をクリップなどで綴じてください。

注意事項

・お送りいただいた原稿は返却いたしません。あらかじめご了承ください。
・応募方法は必ず印刷されたものをお送りください。CD-R などのデータのみの応募はお断りいたします。
・採用された方のみ担当者よりご連絡いたします。選考経過・審査結果についてのお問い合わせには応じられませんのでご了承ください。

◆応募先

〒100-0004　東京都千代田区大手町 1-5-1　大手町ファーストスクエアイーストタワー
株式会社ハーパーコリンズ・ジャパン　「ヴァニラ文庫作品募集」係

まだ蜜月には早すぎる

～攫われ花嫁は強引な金獅子王の寵愛に困惑中～ Vanilla文庫

2022年6月5日　第1刷発行　定価はカバーに表示してあります

著　者　宇奈月 香　©KOU UNAZUKI 2022
装　画　北沢きょう
発行人　鈴木幸辰
発行所　株式会社ハーパーコリンズ・ジャパン
東京都千代田区大手町1-5-1
電話　03-6269-2883（営業）
0570-008091（読者サービス係）

印刷・製本　中央精版印刷株式会社

Printed in Japan ©K.K. HarperCollins Japan 2022 ISBN978-4-596-70774-1